# 白云生处

吴警兵　主编

杭州出版社
HANGZHOU PUBLISHING HOUSE

图书在版编目（CIP）数据

白云生处 / 吴警兵主编. -- 杭州：杭州出版社，
2025.5. -- ISBN 978-7-5565-2854-7

Ⅰ. I217.1

中国国家版本馆CIP数据核字第2025GE9702号

BAIYUN SHENG CHU

# 白云生处

吴警兵　主编

| | | |
|---|---|---|
| 责任编辑 | 管章玲 |
| 责任印务 | 王立超 |
| 装帧设计 | 长　岛 |
| 出版发行 | 杭州出版社（杭州西湖文化广场 32 号 6 楼） |
| | 电话：0571-87997719　邮编：310014 |
| | 网址：www.hzcbs.com |
| 印　　刷 | 苏州市越洋印刷有限公司 |
| 经　　销 | 新华书店 |
| 开　　本 | 880毫米×1230毫米　1/32 |
| 印　　张 | 7.125 |
| 字　　数 | 159千 |
| 版 印 次 | 2025年5月第1版　2025年5月第1次印刷 |
| 书　　号 | ISBN 978-7-5565-2854-7 |
| 定　　价 | 68.00元 |

# 目 录
## *contents*

### 甲编　瀛洲纪

白云生处是瀛洲 ···························· 许梦熊 003

白云千载 ······························· 卢国兴 022

这里有座白瀛山 ························· 周楚芳 029

白云山石群之谜 ························· 吴警兵 035

白云禅寺 ······························· 卢国兴 039

### 乙编　云山谣

白云生处有人家 ························· 胡海燕 045

白云的故乡 ···························· 虞彩虹 051

细雨中的白云山 ························· 罗锦建 057

石头古村 ······························· 周梅玲 061

芍药芬芳满云山 ························· 周梅玲 065

云山芍药 ······························· 马丽萍 069

云山银杏 ………………………………………… 罗锦建 073

树语者 …………………………………………… 郑锦霞 076

爱可以有不同的颜色 ………………………… 马丽萍 078

紫溪笛声 ………………………………………… 罗锦建 081

精美的石头想唱歌

　　——寻找新生机的磐安县安文街道石头村 …… 吴警兵　卢伟星 084

## 丙编　温泉赋

每个女人的身体里都有一个温泉 …………… 杨　方 093

大盘山温泉纪事 ………………………………… 高阿大 102

温泉山庄一夜 …………………………………… 张　乎 109

云山温泉 ………………………………………… 杨　荻 116

## 丁编　风雅集

穿越时间的花朵 ………………………………… 虞彩虹 125

放生碑纪事 ……………………………………… 潘江涛 132

越出山外的目光 ………………………………… 虞彩虹 136

苦苦寻根的山城秀才 …………………………… 陈一波 142

朱颂阳和他的《剑啸江南》 …………………… 胡国洪 148

婺剧知音朱谷林 ………………………… 张　鹏　陈金明 153

# 戊编　白云辞

云山之顶（外一首）…………………………… 天　界 159

傍晚的云山之巅（外一首）…………………… 游　离 162

那个叫云上花溪的地方（外三首）…………… 飞　白 166

云海方舟（外一首）…………………………… 再回首 172

在云山（外二首）……………………………… 沈文军 175

云山之顶（外一首）…………………………… 洪炜津 179

在云山，扯一朵云……………………………… 王伟卫 181

登云山（外二首）……………………………… 知　秋 182

云山顶上（外二首）…………………………… 王学斌 185

云海方舟（外二首）…………………………… 应满云 189

云山之上（外二首）…………………………… 江维中 193

在云山（外一首）……………………………… 胡富健 198

白云山顶（外一首）…………………………… 林艺迦 201

灵魂高蹈于云端（外一首）…………………… 严敬华 205

在云上（外一首）……………………………… 张　末 208

云海方舟（外一首）…………………………… 吴警兵 211

九日载酒登白云山……………………………… 王　环 214

梦游白云山绝顶………………………………… 郑开正 214

云山八景………………………………………… 佚　名 215

石头五景………………………………………… 陈赏斋 217

中田四景………………………………………… 嘉　瑞 219

云山芍药………………………………………… 卢伯炎 220

# 瀛洲纪

徐步瀛峰直上巅，四围罗列若屏然。
高低山色开图画，历乱禽声奏管弦。
横锁千峰疑断路，闳张一境别成天。
与君到此须回首，吉士当年志欲前。

——〔清〕马式模《瀛峰》

# 白云生处是瀛洲

### 许梦熊

## 一

世上有无数白云山，其中磐安的白云山最让我心驰神往。白云山，旧名白瀛山，卜居此地的东阳葛氏则称白瀛葛氏或瀛山葛氏。正德《永康县志》载："白云山，县南十五里，危峰百□丈，延袤十里许。对县治儒学，时有白□缭绕其上，故名。□□葛洪炼丹之处，石鼎□，有乡人因立祠以祀之。"然正德《永康县志》无白瀛山的记载。康熙《永康县志》论山川最是详细："永康山脉，本自南境缙云来者，逶迤至东北境。由东阳义乌界，发而为三峰山。转而南行，融为县治。旧志首标白云山，以其为南方之望山也。"又载白云山"距县十五里，直儒学县治之前，危峰数百丈，延袤十里许。时有白云缭绕其上，故名。相传其上为葛洪炼丹处，石鼎犹存，有葛仙翁祠。相近曰伏翼岩，有石穴，多栖伏翼，故名"。康熙《永康县志》始见"白瀛山"的踪影："白瀛山，乃入东阳县界，高耸为大盆山。大盆之麓旋而西南为马鬃

白云生处

白云山雾海（周济生 摄）

岭，距县二百二十里，盖县之极东鄙也。逾岭达于仙居县。嘉靖三十三年，倭寇犯台城县，于岭上筑寨屯兵以备焉……夫自马鬃至县二百里，其所经由皆重山峻岭，深坑累堑，此兵家所谓重地。"足见磐安之"幽深峻崇"。

光绪《永康县志》对白云山的记载则略有增补，"员峰耸拔，上际云表，正当县治与学宫之前，端峙若宾，俗呼为状元峰。每朝有云气升腾其巅，则时日必澎雨，人常候之，以为雨征"。宋濂和刘伯温交章荐之的耆儒李宏道曾归隐白云山，从游数千人。此外，清人王环《九日载酒登白云山》原本没有歧义，此白云山即永康县南的白云山，后因磐安白云山声名鹊起，便有张冠李戴之嫌。与李宏道同样结庐白云山的还有一位金华琴人柴义方。元末明初的漳州文人林弼曾应柴义方所请，作《懒云居记》云："金华柴义方言于弼，曰某性缓而懒，尝筑居永康白云山中，朝焉夕焉，独坐一室，静观白云，无心出岫，悠悠扬扬，相娱而相忘，因自谓云之懒亦犹予之懒也。"林弼与金华的宋濂、王祎多有交集，《四库全书总目·林登州集》中称"闽南以明经学古擅名文苑者，弼实为之冠也"。光绪《永康县志》载，宋濂谓林弼："其出也以文章鸣，而遘一时之盛遇；其处也以道德重，而激百世之清流。"

光绪《永康县志》对白瀛山的记载，剔除了康熙《永康县志》有关马鬃岭战役的记述，却添加了另外的一番景致，谓："白瀛山，距县百二十里。其高不知凡几。山顶平坦，广数亩，可耕种。亦祀黄七公。山腰有人家，云是葛洪后裔。山周围三十里许，多种药材，其芍药最有名，故俗又呼为白银山。"紧随白瀛山之后的是大盘山，"盘山，距县一百七十里，在四十七都，高不知几千丈，为金处温台诸郡发脉之地，游人到此，虽夏亦寒，陟顶而望，四

風際底須揮筆似刀故作游絲裊遠影多因剪股落霜毫

秋來每秋揮毫送卽將飛草目將朝

有時寒雨打遙停憑空結撰誰家體飛椒傳書此日翎

低徊鶴渚與鳥汀恍暗書鮮定形幾度秋風吹不滅

作向五雲深處望依稀貔貅露墨痕青

九日載酒登白雲山

傲睨諸峯頗不羣登臨載酒任微醺山池水落魚愁雨

江浦天低雁出雲石鼎當年誰鍛鍊黃囊今日我慇懃

龍沙逸興無多遠直放豪情薄夕曛

春曉書興

八盤嶺距縣九十里孝義鄉主黃七公廟在焉左邊為觀音閣住持者施茶湯燈火其嶺紆迴曲折故名嶺……

76

《永康诗录》　　　　　　　　　光绪《永康县志》对白瀛山的记载

面数百里，最高之山，尽如扑地。有洞曰仙人洞，洞中有石水壶，水自岩中，疏疏而滴，下有承滴之盘，长世不涸不溢。有岩曰八仙岩，其岩排列耸之，酷肖人形，旁有石棋盘、石棋子，相传仙人弈棋于此，仙迹存焉"。可见在古人眼中，磐安处处是仙迹。

白瀛山得名由来，金华方志中未有记载，我们可以参考南宋地理学家王象之的《舆地纪胜》婺州路景物中对"瀛山"的解释。"以其地高峻，象海中之蓬瀛"，又谓瀛山"周回九十里，崖壁峭峻，林翳蓊郁，有类三峡。山中土人言，其山中有四十八面而各不同。"可见婺州路的瀛山与磐安的白云山皆以高峻近蓬瀛而得名。王象之是金华磐安人，他对磐安的白云山岂有不知之理，然《舆地纪胜》缺的就是金温处台四地的记载，也足见历史的吊诡。

当然，磐安也有白银山和黄七公斩龙尾巴的民间传说。相传盘古开天辟地时，深泽、云山一带还是一个大湖，不晓得哪一年湖中钻出一块小山，日夜生长。玉帝生怕小山长到与天齐，派天将铲平了山顶，泥土堆成了深泽周边的高山。不想年深日久，小山接着日夜生长，比原来更快，湖水流向四面八方，玉帝没办法，只好派出太白金星，连续对着小山撒下 5 个宝圈，这才将其定住，不再生长。这座山是太白金星撵散妖气镇住的山，百姓称其"白撵山"，后来口音变化，叫成"白银山"，山中多有鱼和螺蛳的化石。至于黄七公斩龙尾巴，也是很有意思的一个传说。很久以前，每年清明，有一条龙要经过白云山前往天台看望他的娘，但凡他要经过，底下总是乌天黑地，不是落龙雹就是起龙风，百姓苦不堪言。白云山上有黄七公祠，黄七公虽然感念此龙有孝心，然祸害百姓总要治一治他。于是，黄七公在白云山插下了 18 把刀，只要龙飞得高，那就不碍事。谁想到了清明，那条龙看到白云山尖一片铿亮，晓得黄七公在盘算他，他心中有气，偏要把黄七公祠也吹个干净，奈何龙尾一扫，没有扫到殿堂，却扫在了刀口上，一截尾巴掉下去，他只好忍痛逃到天台山。从此以后，这条秃尾巴龙路过白云山一带，只能飞得高一些，黄七公在白云山尖插下的 18 把刀变成了 18 块陡峭的岩塔。[1]

黄七公的来历，其实各地都有不同的说法，王象之《舆地纪胜》有这样的记载："（黄仙师庙）在宁化之南，旧有山精石妖为害，有巫者黄七公以符法治之，因隐身入石不出，石壁隐映

---

[1] 磐安县民间文学集成办公室：《中国民间文学集成浙江省磐安县卷》，1990 年，第 101 页。

有人影，望之俨若仙师之像。"《临汀志》也有黄仙师庙的记载："旧在钟寮场故治南石峡间。两山如束，中通一径，仅半里许。旧传未县前，有妖怪虎狼为民害，觋者黄七翁父子三人往治之，因入石隐身，群怪遂息。风雨时，石中隐隐有金鼓声，民敬畏之，立祠香炉下，且家绘其像以奉之。"此黄七公即上杭县崇奉的黄幸三仙之一，是五代宋初汀州南部钟寮场的一位巫觋。相传，父子三人是来自湖北（一说江西）的黄七翁及其儿子十三郎、女婿幸八郎，被闽西百姓尊为三仙，据说宋仁宗敕封他们为"感应护国爱民三大真仙"，这是闽西民间道教信仰的其中一支。[①]白云山的黄七公则一如作家卢国兴所说，当指北宋时期新渥方田村人黄烈。黄烈曾任永康武都头等职，因为受灾的孝义乡请免三年赋税而闻名。黄烈死后，乡人为其塑像立庙，尊之为"黄七公大王"。新渥八盘岭头也有黄公庙。关于磐安"炼火"的文章中有"召将请圣"一出，其所请之圣即有"孝义乡主黄七公大王"。是以磐安百姓在信仰方面很是虔诚执着，白云山顶峰有观音庙，山腰有云岩庙，半山腰下有红岩庙，供奉太上老君、德清和尚、太阳菩萨、太阴菩萨等诸多神佛。至于磐安白云山的黄七公祠，据《东阳葛氏宗谱》记载，明弘治十五年（1502）七月，葛氏在白瀛尖修建黄七公庙，香火鼎盛，游人不绝。相传，原打算在盘龙殿基上建造该庙，不想房子造好后，栋梁不翼而飞，村民顺着脚印追踪到白瀛尖，见栋梁立在山顶，于是，黄七公庙便在此落成。

---

① 谢重光：《客家民系与客家文化研究》，广东人民出版社，2018年，第281页。

# 二

　　白云山为葛洪后裔所居，此葛洪可以附会东晋道士、炼丹家葛洪，金华八县市都有葛洪炼丹的遗迹，对葛洪的神化，托名北周武帝宇文邕的《无上秘要》中已有记载，"葛洪于罗浮山合太清金液服之隐化"，至两宋，葛洪已经成为神仙人物。当然，瀛山葛氏口中的葛洪所指则是南宋参知政事葛洪，早年师从吕祖谦，初名伯虎，吕祖谦改其名为"洪"。葛氏祠堂坐落在白云山村东边，五间三进。相传祠堂里挂有皇帝御赐的太师第匾额，当年葛府子孙星散，县衙听闻白云山有葛氏后人，便将匾额送过来，然此一匾额毁于"文革"。据葛煊炜编著的《葛氏东阳》中的说法，白云山被称为紫燕窝地，东有狮子山坐镇，西有白象山看守。每逢元宵节，村中组织迎"高照车马灯"，迎灯为的是人丁兴旺，然蛇与紫燕为死敌，祖辈人便有"紫燕窝地不能迎长龙灯"的说法，如今已无人信以为真。

　　东阳葛氏十世孙葛伯云（1161—1244），葛用立（1133—1194）长子，字子霜，娶陈氏，育有三子，为原珪、原善、原政，原先居住在东阳廿里牌，因此地有下水井而迁居。葛伯云在下水井上首处搭建大堂屋，是为瀛山葛氏的发家始祖。相传，永康唯有两口半古井大旱时期也不断水，此即其一。大堂屋附近有两股泉水流过，俗称"小坑"，坑内即燕窝地，葛伯云告诫后人坑外不能造房，并在村东种下一棵银杏树。据白云山村民葛国富回忆，银杏树活了七百多年，枝叶纷披，撑开如一间大堂屋，上面搭了18个喜鹊窝，树杈上还长出一棵直径约20厘米的材官树。1962年，村中发生史无前例的火灾，烧毁120间房子，银杏树也在劫难逃，烧毁的银杏树被卖给东阳木雕厂，清理时，发现树中间有两筐筷子，有人认为是老鼠偷偷背进去的。木雕厂拉走银杏树雕花，后来还给白云山村送来 36 立方米的木头。这棵最大的银杏树被毁以后，村中的其他银杏树也不再结果（实为种子）。20 年后，村里请了专家对银杏树进行人工授粉，白云山的银杏树这才重新开花结果。1997 年，白云山村与石头、上葛、上马石等村联合退耕还林 2000 多亩，全部种上了银杏树，成为全省集中连片面积最大的银杏林。2018 年，白云山村获评浙江省最美银杏村落。

　　然据《东阳葛氏宗谱》光绪六年（1880）重修本"瀛山派系图"所载，瀛山葛氏之祖是葛天遒。葛天遒是葛用中九世孙，葛用中跟葛用立是亲兄弟，与葛洪之父葛瑓是堂兄弟，可见，葛用中、葛用立两兄弟的后裔皆在白云山生根发芽，瀛山葛氏所谓葛洪后裔，不妨看作向参知政事葛洪借光而已。《东阳葛氏宗谱》收录舟山黄鸿飞为昭九百八十七公之墓图所作的两首赞诗，其一："云山大地几千秋，唯有吉人才可求。数里横溪环玉带，一轮皓月滚珠毯。文峰秀挺三千界，武卫雄凌十二州。握管据图描不尽，奇观绝胜到瀛洲。"其二："万山朝拱势豪雄，后应前呼起卧龙。葬后田庄增百顷，何嫌谷障起高峰。文经武略蝉联出，孝子慈孙燕翼隆。莫道堪舆漫附会，有时灵应识神功。"此地地理环境佳，黄鸿飞想必也精通堪舆。光绪《永康县志》有"黄鸿飞"一条，其人为清代遂昌训导，但不知是否就是作赞之人。

　　南宋时期，迁居瀛山之麓的除了葛氏，尚有马氏。马氏与葛氏同为东阳望族。唐代马大同为东阳令，遂卜居松山。至马乔岳，别创安恬，苗裔蕃昌。淳祐年间，马坡始迁瀛山，是为鸟头（即磐安仰头）马氏之祖。清道光十八年（1838），安陆县知县包大成在《鸟头马氏谱序》中写道："坡公好游山水，登盘山，复经瀛山之麓，爱其层峦耸翠，众壑争妍，爱名其地曰鸟头，于今永邑鸟头有马氏族焉。"马坡数传而有马金者，明人杨逢春（东阳人）在《礼廿五金公行传》中写道："金公爱秀山之罗列，喜曲涧之回环，浩浩落落，虽野老之修治，若隐士之盘桓，因窃叹其地之幽静而人之忠厚也。"清人陈应选作《子祥翁传》亦盛赞瀛山之美："昔游于瀛山之上，览夫山岳之耸秀，川流之萦回，循瀛山而下为鸟头。其峦旋绕如环，其林挺植而秀；其风景开美而和畅，其里居泉甘而土肥。古来高人达士、抱朴归真者，每乐处此，友人子祥居之，爱得我所，诚足羡矣。"清人马式模在《恭贺子祥翁七旬初度七言二首》（其一）中亦称赞子祥翁"从心蹈遍瀛山径，借得龙松作凤梧"。

清乾隆四十八年（1783）重阳节前三日，马式模应友人李巽山相邀。李巽山住在瀛山西侧，曾协助马氏后人重修族志。是日，他们与马氏宗人子祥甫一同畅游瀛山，"履巉岩，披蒙茸，踞虎豹，登虬龙。四顾盘桓，南邻崔崔之山，东接汤汤之水，北献平平之域，西著屹屹之嶂。诚所谓别有天地也"。马式模"撮其景最佳者"作八景诗。其一为《翠水》："极目村西翠水流，一泓清可涨春秋。黄花老去飘红叶，绿树浓时泛白鸥。欲访桃源迷野渡，为怜月色上渔舟。门前咫尺通银汉，直欲乘槎问斗牛。"其二为《瀛峰》："徐步瀛峰直上巅，四围罗列若屏然。高低山色开图画，历乱禽声奏管弦。横锁千峰疑断路，闶张一境别成天。与君到此须回首，吉士当年志欲前。"其三为《西岩》："谁砌嶂岩数仞巍，遥看层累若瑶台。依稀三岛参差叠，仿佛五丁次第开。未按西公名义起，却疑峰势是飞来。云端时有名贤到，到此流连戴月回。"

其四为《南山》："南山灿灿欲逍遥，林外松涛陆地潮。孤鹭飞来冲豹穴，灵蛇走处障龙绡。千层捧日光平布，五色横云影半销。一片余辉如可托，凌风应许近青霄。"其五为《螺岗》："石螺矹矹产山头，四顾分明气象伴。雨打青苔螭欲动，风吹绿草黛偏浮。七年旱魃心无惧，九载洪荒势不忧。自与舞仙归息后，依然并地共长留。"其六为《凤坡》："一望青山似凤生，何时饮啄任飞鸣。花成五色春来媚，薪作九苞雨后荣。王者见时难举翼，太平欲兆不闻声。却疑楚士当前过，吩咐衰微莫乱行。"其七为《柘坞》："柘坞风吹爽籁生，仙人掌上雨初晴。惯登奇壑穷山态，长啸孤松伴鹤鸣。地献千峰俱入岫，云飞四面弗闻声。更看绝顶烟霞外，竹树依依画不成。"其八为《曹平》："极目曹平景色空，云烟出岫绿阴中。低笼浦草回深碧，斜抹山枫带浅红。竹叶乍舒含瑞气，鸟声时和集芳丛。诗人得句赏心处，玉升仙宫路亦通。"此八景诗是磐安白云山极为真实的写照。

据《禄源马氏宗谱》载，迁居磐安的另一支马氏始自宋末元初的马褒（字德美）。其生于宋宝祐四年（1256），《禄源马氏宗谱》称赞马褒"善阴阳，谙地理，知曹坞非兴旺之所、发迹之地，迁至禄源。山川地灵人杰，振起家声，为一方之望族也"。禄源，即今磐安县新渥街道六冲村。此外，天台后朱也有朱氏的分支于明代迁往磐安白云山一带，清康熙五十一年（1712），东阳人许型在《朱氏重修宗谱序》中写道："厥后，居宅公之子讳升者，抱其遗像、敕诗、卷轴，自天台后朱来迁于华溪孝义乡之式团（即今磐安县安文街道石头村），其能善继述，恢拓土宇，以世厚富甲一乡，上赋南畿，久而子孙繁衍。"同年，东阳人陈舍英在《季生翁传》中写道："闻公之居址，乡曰孝义，在万山盘集中，不啻李愿之盘谷也。"李愿是唐代的著名隐士，与韩愈、卢仝交好。韩愈曾作《送李愿归盘谷序》，使得李愿声名大作，隐居的盘谷（今河南济源北10千米）成为胜地，韩愈谓盘谷"窈而深，廓其有容；缭而曲，如往而复。嗟盘之乐兮，乐且无央……从子于盘兮，终吾生以徜徉"。此歌用来赞叹磐安，亦恰如其分。

三

白云山最早归属永康孝义乡，孝义乡之名也由白云山的一则民间故事衍生而来。每年八月初八，永康各村都要组建罗汉班到方岩祭拜胡公。有一年，白云山葛氏有位太公上方岩，庙祝想让他"下火海"以示诚意，火海里藏了耕田的犁头、烧红的铁锅，太公二话不说，不想赶热闹的村民立马代替他，铁锅当帽，犁头作鞋，穿过火海。这让庙祝吓了一跳，赶紧烧饭请客赎罪，孝义的名字由此而来。

然白云山地处山区，交通不便，进山要绕经上葛村，攀上田坞岭，走1千米山路，俗话说"有囡勿嫁白云山，手臼手磨挂手腕"，可见生活之艰辛。如此偏僻之处，土匪自然和野兽一样多。有钱人家为了保家护命，自然要请拳师教授武艺。至民国时期，白云山有100余户400余人，村中尚有两个拳堂、武馆，一帮武功了得的青年，被人们称为"十八根棍"，简直与黄七公插在白云山上的18把刀相呼应。

白云山的村民靠山吃山，山中木材、药材不可胜数。《磐安朱氏宗谱·秀山翁传》中写道："公曲通水道，省负荷跋涉之费，于是山有木工则度之，材木得以通商而见售于外邑，而价增倍于曩

014

昔者，皆公之力倡之也。"可见白云山的木材质优价昂。新中国成立以后，村民开始外出卖方木，方木用来做枕木，十分粗重，一般有两三百斤，两人抬一根，抬到安文，走二十多里，至少要两个半小时。借着山里的自然资源，到了春季，村民也砍伐一些条木，背到上马石，三五根绑到一起，春水涨潮，下到溪里，正好可以撑排到南马、黄田畈、义乌等地贩卖。杜甫有诗"春山无伴独相求，伐木丁丁山更幽"，想必这也是隐居白云山的一种别样滋味。白云山的药材以白芍、白术、玄参、元胡、贝母等磐五味闻名，其中以白芍为最。群花品中以牡丹为第一，芍药为第二，是以牡丹称花王，芍药为花相。《东阳山水记》有"赛洛阳"一条，谓"登瀛山产，更无杂植，好事者多赏之"。此"赛洛阳"，我以为极有可能指白云山的白芍，磐安自宋代便以白芍闻名。清光绪六年（1880），东阳人吕凤齐作《饮宾达九百七十二峰山翁行略》。山翁即葛永历，字余振，居瀛山，家世忠厚。吕凤齐称其"好治药圃，瀛山之地，厥土黄壤，故中人之家，多莳芍药以营生"。当然，《东阳山水记》早已佚失，不过宋人叶廷珪的《海录碎事》中已经引用《东阳山水记》有关"八素山"的一条记载。叶廷珪是宋政和五年（1115）进士，宋绍兴二十二年（1152）被罢职，卒于家。而南朝宋员外郎郑缉之著有《东阳记》，其中载："歌山在吴宁县，故老相传云，昔有人乘船从下过，见一女子浴汲，乃登此山，负水行歌，姿态甚妍，而莫知所由，故名歌山。"《东阳山水记》则载："歌山在东阳，山有石室，可容百余人，山下水通临海，昔人乘舟望见女子汲水山下，登岸而歌，姿态端美，舟人不知为神，挑之，神怒，堕三大石以塞水源，遂不通舟。"《东阳山水记》所增补舟人挑神女事，乃宋人笔记常见手法，可见此书虽晚于郑缉之《东阳记》，但成书不会晚于南宋初期。

白芍有诸多别名，如将离、冠芳、艳友、花相、余客等。元代著名医学家朱丹溪认为："芍药泻脾火，性味酸寒，冬月必以酒炒。凡腹痛多是血脉凝涩，亦必酒炒用。"清末医学家张山雷则谓白芍"苦而微酸，能益太阴之脾阴，而收涣散之大气，亦补益肝阴，而柔顺肝气之横逆"。可见，白芍是养肝补血的良药。满族称白芍为白芍药恩德，满族妇女头饰中的大拉翅，最喜欢饰以白芍。在满族史诗中，白芍更是一个富有巨大神力的花神，花朵能够化作千万根光箭除魔。亳州是芍药之乡，所产芍药特称亳白芍，其产量居全国之首。然磐安白芍丝毫不逊于亳白芍。瀛山葛氏有位太公，当年运送药材到苏州，不想磐安白芍与亳白芍混在一起，无从分辨。葛太公随手拿起一根白芍掰开给大家看，发现

云山白芍花（吴警兵 摄）

磐安白芍内部纹路如菊花，俗称"菊花心"。白云山村村民葛国富说："我们的白芍放到水里会沉，因为里面有菊花心，安徽那边的会浮起来，一下子就能区分开来。"自此，磐安白芍赢得"云白芍"的美称。清代诗人翁方纲《瘦同煎白芍药为饵见惠赋谢是日走送鱼门之行即题于陆谨庭所造芍药笺上兼呈鱼门二首》（其一）如是写道："故人珍重秾华意，已作瑶笺又作酥。要借甘芳翻得悟，苦言药饵是良图。"白芍之可贵，另据上葛村的葛良桂、葛忠贵回忆道："1953 年，白芍十六元一斤，那时米才九元一担，一公斤白芍可以换一头黄牛。我们运货到上海'三友行'售卖，'三友行'是运输、土产、农业总公司，大家都在那里交易。货提前五天发送，人到货到，卖了货，回家可以造一幢房子。1960 年，上葛人家基本有几百元存款，算得上经济富裕。"①

白术，又名山姜、山精、天蓟等，以个大、质坚实、断面黄白、香气浓者为佳，古今以临安於潜产者为上品，具有健脾益气、燥湿利水、止汗、安胎等功效。道光《东阳县志》载："白术，产玉山乡。居人种以为业，自生者佳，大者名狗头术，出东白山。"然而，白云山十年九旱，最适合种植白术，只因白术怕水，不耐高温，白术的生长周期一般为两年，收后的土地四五年内不得复种，只能另外开荒续种。东晋葛洪《神仙传》载泰山老父事，汉武帝巡狩见其头上白光高数尺，看他也就五十许人，问他有何道术，泰山老父告诉汉武帝，他碰上一个有道者，绝谷后，"服术饮水，并作神枕，枕中有三十二物，其二十四物以象二十四气，其八物以应八风。臣行之，转老为少，黑发更生，齿堕复出，日行三百里。

---

① 葛煊炜：《葛氏东阳》，西泠印社出版社，2017 年，第 439 页。

臣今年百八十矣"。其实，两晋追求长生的道家人士，服食白术可谓常事，再举《神仙传》中陈子皇一事："陈子皇得饵术要方，服之得仙，去霍山。妻姜氏疾病，其婿用饵术法服之，病自愈。寿一百七十岁。登山取术，重担而归，不息不极，颜色气如二十许人。"在魏晋时人的眼中，白术竟然是长生的一味药物。

玄参又名元参、黑参、鹿肠、鬼藏、野芝麻等。磐安玄参肥大、肉色乌黑、品质优异。明代即有种植玄参的记载，1987年，磐安玄参的产量已达两百多吨，占全省总产量74.1%。《神农本草经疏》载："玄参味苦咸，微寒，无毒，主腹中寒热积聚，女子产乳余疾。补肾气，令人明目。"磐安也流传有玄参的民间故事，说是双峰乡三角元村有一个叫羊勇的农户，从高原引进番薯良种种在山坡上。本地番薯的藤是躺在地上延伸的，可他引进的番薯却是竖直生长的。等到收获时，挖出来的块根比番薯小得多，羊勇感慨自己吃尽了苦头，却引进来这么一堆小番薯，想想都怨心。后来，人们发现这种小番薯具有清凉解热的功效，于是，便拿"怨心"命名它。在磐安方言中，"怨心"与"玄参"发音相似，而且这种药材晒干后颜色发黑，形状似人参，玄参也就成了"磐五味"的其中一员。

元胡，又名延胡索、玄胡索，味辛，性温。李时珍谓其"能行血中气滞、气中血滞，故专治一身上下诸痛"。历代药学家视元胡为著名的镇痛药。东阳也有一则元胡的传说。相传唐末，东阳有座山，名叫西门岩。有一位老人上此山采药，不慎跌落山崖。儿孙久不见其回家，上山寻觅，发现老人已经重伤，躺在崖底，动弹不得。被儿孙抬回家前，老人吩咐他们挖出身旁野草的球茎，归家后，老人将球茎煎水服用，数日即痊愈。此球茎即元胡。此西门岩，或为东阳西岩。元末诗人陈樵（东阳人）有《西岩紫霞洞》诗，所谓"洞壑霞云护隐居，西岩洞下是华胥"，华胥类似桃花源，端的是好地方，元胡自然也与仙药等同。清人陈朝焜曾作《延胡》赞道："东皋有灵草，祛病著神功。移根及寒露，擢秀当春风。虞国乃远祖，龙洞亦本宗。悉悉问医师，臭味将毋同。"宋代以药名入诗最为有名的是扬州诗人陈亚，其以延胡索入诗，"布袍袖里漫怀刺，到处迁延胡索人"，可谓妙不可言。

贝母，又名勤母、苦菜、空草，又分川贝母、浙贝母、土贝母，前两者属百合科植物，土贝母属葫芦科植物。明代以前不分川贝母、浙贝母。贝母具有清热化痰、润肺止咳的功效，磐安是浙贝母的主要产地，浙贝母清热散结的能力比川贝母强。古时候，贝母很值钱，俗话说"一担贝母一船谷"。宋代著名理学家张载作《贝母》诗："贝母阶前蔓百寻，双桐盘绕叶森森。刚强顾我蹉跎甚，时欲低柔警寸心。"张载原本精通医术，长期患有肺疾，而贝母正是治疗肺疾的一味良药。

白云山的村民几乎一年到头都在忙，"一月种前胡，二三月种粮食，四五月种豆子，六七月种玉米，八九月种元胡、贝母、白芍，十月十一月种麦子，十二月种白术"，勤劳致富，实实在在。除了"磐五味"，白云山尚有一味颇具种植规模的中药，那就是丹皮。新中国成立以后，白云山村便开始种植丹皮，被称为"丹皮村"，到了20世纪90年代，丹皮生产几乎红遍了白云山村，丹皮市场交易价稳定在每公斤10至20元，而白云山丹皮亩产可达七八百斤以上。此外，白云山的牛心柿也是名声在外，果肉致密，味甜核少，可谓"上品仙果"。明代医学家兰茂在《滇南本草》中记载："采此果千百枚晒干，火煅炼蜜丸如弹子大，每服一丸，开水送下。久服轻身健脾，百病不生。"与此同时，白云山还引种了薄荷、鸢尾、岩上皮等香料作物。1986 年，上海日化总公司等在云山乡建立杭州香料厂磐安分厂，也为白云山的药农开出了又一条致富捷径。

四

美国作家马克·吐温说过，黄金时代在我们面前，而不在我们背后。正因为时代的突飞猛进，白云山的神秘面纱也缓缓落下，我们终于能够身临其境，感受古人徘徊其间的一种出尘之想，古人也无法想象太白金星洒下的一个宝圈成了耸立在白云山顶的摩天轮。投资 50 亿元的环白云山康养旅居综合体便坐落于此，通过长约 6 千米的山体旅游观光火车，人们可以穿梭于白云山变幻多姿的风景之中，云海方舟如同一颗宝石镶嵌在白云山顶，此时，我们才真正领略到"白云生处是瀛洲"的意境。古人对"瀛洲"寄予了太多的向往，一如唐代诗人顾况所说的那样，"何当骑麟翳凤登瀛洲，倏忽能消万古愁"。

散文家杨荻在留宿大盘山温泉山庄时，感慨"昔日荒寂的小山坳，如今变成了一座璀璨的水晶宫"。他对温泉山庄也有极为细致的描摹，在《云山温泉》中写道："穿过温泉文化长廊，是高敞的室内浴池，水声潆涡，手指长的热带鱼在清澈的池水中结群悠游。室外浴池分布于屋后的坡地上，高低错落，形状不一，浴池或宽或窄，或圆或方，被树篱环绕着，环境清幽可人，起伏的曲径蜿蜒其中。景观瀑布从叠石假山流泻而下，腾起薄雾，闪着迷离的白光，如银河倒悬。观心泉、花漫泉、闭月泉、羞花泉、

020

落雁泉、环翠泉、柳荫泉、幽梦泉、茗香泉……五十多座汤池温
度设在三十七至四十二摄氏度，各有情调和文化意味。"

　　我们也只有登临白云山顶，才能明白王环《九日载酒登白云
山》所歌咏的风景，其实已经从永康悄然移向了磐安，即使他面
对的是另一座山，"傲睨诸峰颇不群，登临载酒任微醺。山池水
落鱼愁雨，江浦天低雁出云。石鼎当年谁锻炼，萸囊今日我殷勤。
龙沙逸兴无多远，直放豪情薄夕曛"。琴人柴义方结庐白云山时，
特为自己拈出一个"懒"字，更是点出了磐安的一种情调，林弼《懒
云居记》以为"义方殆不竞于世而亦不忘于世者也，子其从云为
雨以成泽物之功，然后退居而室以自安，抚而琴以自乐，虽终
于懒，可也"，这就是琴人柴义方的志向。元代诗人赵巩曾作《游
白云山》，此白云山在缙云，其意与磐安最为相通，"半生心事淡
悠悠，应乐高卧白云稠。青山影里春醒解，黄雀声中午梦休。好
景随处堪行乐，浮世何人免得愁"，即便如此，我们流连磐安想
要在此落地生根的一个心愿依然没有改变，"不竞于世而亦不忘
于世"，哪怕浮世没有谁能够"免得愁"，我们在白云生处也已经
看见了瀛洲。

# 白云千载

## 卢国兴

让我采访白云古庙，我颇感意外——白云峰顶有庙宇？

往返于老家与县城，柘岭头东望就可见到白云山层次分明的危崖。大雪初霁，银装素裹，诗意化的危崖便让人联想良多，思绪飞扬：上山寻找螺蚌化石，以见证"泽国"时期它的孤单凄楚；寻访东晋道士葛洪的炼丹遗址，探视原始状态下的化学实验之路。可从来没见到，也未听说峰顶有"白云古庙"！——禁不住嘲笑自己孤陋寡闻乃至数典忘祖了。

登临白云山主峰是在接受采访任务一月之后的五月一日。

与妻经白云山村，走新修造的简易车道，过建设中的白云山庄，沿山岗继续上行四十多分钟，便在山顶见到这座低矮古朴的小庙。

古庙窄小，盖为山顶面积所限，算不了什么。令人始料不及的是，庙内主祀的并非葛仙翁，而是一位名叫黄七公的神祇。黄公两旁依次落座着黄公夫人、金七公、王罗庆小相公、财神、五谷神、当坊土地夫妇、文武判官等。

葛洪哪儿去了？供奉的黄七公有着怎样的身世和地位？庙宇为

什么建造在这独立的高峰上？

所给资料无法找到这些问题的答案，只能打开随身携带的电脑到百度查询。

"百度"信息显示，名声较大的"白云山"在全国有多处，最为著名、与此地有些关联的当属广州白云山。传说，葛洪就在广州白云山炼丹时写下他的道家名著《抱朴子》。

伟人、名人容易被常人争抢而弄得到处都是，真假难辨，抑或广州白云山抄袭了磐安，抑或磐安葛洪假借了他人，总之小庙中无法找到葛老仙翁的光辉形象，而探求这类根底也无多大价值。咱们还是将眼光投向黄七公，说不定从这名不见经传的人物身上还可找出些有价值的东西来。

终于在当地数篇博文中拾取到黄七公生平的一些碎片。

黄七公，原名黄烈，北宋元祐三年（1088）出生于新渥方田村，23岁中秀才，曾任永康武都头、处州郡府等职。传说，当年永康孝义乡（即今磐安的新渥、深泽、盘峰一带的乡镇）灾情严重，为减免当地百姓的三年赋税，他倾其全力想方设法，人们由是感恩戴德，在1127年他英年早逝后为其建造乡主庙并塑其像祭祀，尊其为"黄七公大王"。白云山之外，新渥八盘岭头也有黄公庙。清光绪《永康县志》载，八盘岭迂回曲折，其上"孝义乡主黄七公庙在焉。左边为观音阁，住持者施茶汤灯火"。

看来黄七公这一神祇的原型并非子虚乌有，颇有乡土气息的"黄七公大王"也生动展现出淳朴村民礼拜时的虔诚。

在林莉君《多元信仰之声音：以磐安县仰头村为个案的"炼火"仪式音乐研究》一书中，关于"炼火"的内容也提到了"黄七公大王"。文中写道："召将毕，吹龙角请圣，诵念'请圣科'。所

白云生处

白云胜境（厉金未 摄）

请圣神，除'三清'等上界诸神外，尚有深泽所在的 46 都神祇、金华府城隍大王、永康县城隍大王、方岩胡公大帝、孝义乡主黄七公大王、金仙寺迦兰土地、腾岭庙山皇圣帝、徐公岩五姓太祖盟王、深泽观音庙观音大士等"本保一切神祇。"[1]

由此可见，黄公生前不仅因其义举名闻遐迩，孝义乡民众还以民间信仰方式保存了他们对恩公仙逝后的感念。深泽、云山一带的民众将黄公庙建于独立高峰之巅，当有"低头不见抬头见"的意蕴，它提醒周边人们千万不要忘怀对恩人的念想。

就如不必指责今天的我们不知黄七公，我们尽可怀疑诵念"请圣科"的法师果有知道黄公其人其事的，怀疑自 1127 年至今近九百年时间里，为黄公古庙承续香火修旧补残的人们中，果有以"为官一任造福一方"为他们精神崇拜和道德祈盼的。没有文字的历史是悲哀的，隐去真实文字的历史是虚无的。所幸的是，通过口耳相传这一渠道，人们终于舍弃光环硕大却虚无缥缈的葛老仙翁而确认黄公为本乡本土的最可敬神祇，确立了当地人们的价值观，同时通过礼拜黄公这一方式一以贯之到如今。每年元宵节前后，明月朗照的碧空下，每夜总有几条龙灯踩着鼓乐循着陡峭山道蜿蜒而上，来到这海拔 742 米的静寂峰顶给黄公行叩首之礼；二月初五、三月廿八以及八月十八，均有成群结队的善男信女聚集在这儿焚香礼拜，祈求平安。就这而言，历史是公正的，人们是清醒的。黄七公倘若有知，也当含笑九泉了。

"江山代有才人出，各领风骚数百年。"在黄公古庙历经 300

---

① 林莉君：《多元信仰之声音：以磐安县仰头村为个案的"炼火"仪式音乐研究》，中国社会科学出版社，2013 年，第 114 页。

多年风雨沧桑后，坐落在白云山腰的白云山村有重量级人物降生，那就是智空大师。

《南潘葛系宗谱》载，智空大师号妙有，俗名葛贵钿，白云山人，生于明成化十一年（1475）。他15岁诚心礼佛，23岁入国清寺聆听万松大法师宣讲佛经，得法师剃度并赐法名为"智空"。26岁，其母去世，智空回白云山尽孝子礼。明弘治十五年（1502），大师率众在白云山北侧山麓修建白瀛庙。据近年发掘到的庙宇石刻碑文所载，"白瀛庙"主要建筑有天王殿、大雄宝殿、毗卢殿、东堂、西堂、般舟堂以及藏经楼等，规模之宏大、香火之鼎盛是前所未有的。

庙成当年，智空大师升堂宣讲他所专修的《妙法莲华经》，远近僧众闻讯，跋山涉水云集于此，白瀛庙由是声名大噪。此后，庙宇历经沧桑，多次被火毁，几度重修。犹如流向塔克拉玛干沙漠的塔里木河，曾经滋润出一路绿荫，可它无法对抗历史荒原的吞噬，大漠深处，无以为继的它终于消失在黄云白日下。唯有这白云古庙，依然不改它的古拙窄小，傲立峰顶，静观花开花落、云卷云舒。

2013年3月，白云山村有能人向磐安县民族宗教事务局提交建造白瀛禅寺的申请，民族宗教事务局发文批复，同意民间筹资建造。

我们上山那天，白瀛禅寺的游客接待区已经施工月余。项目总监是我相识的朋友，从峰顶回到这儿时，他陪我走向路口广告牌下观赏"白云山休闲观光示意图"。问到所需资金与工程进度，他说："连同禅寺，大概需要几个亿。我们资金缺口大，禅寺的建造工作，就让政府斥资建造吧。"

瞟一眼色彩缤纷的示意图，我禁不住回首仰望西边峰顶那方小小的黄公庙。

恰是正午时分，峰顶上空有棉絮状云朵悠然飘移。那是黄公逡巡凡间的席云帕，还是孝义乡小民数百年景仰黄公凝变成的精魂？

脑海深处，突然跃出无名氏所作的《九日游白云山》来：

> 黄花如锦草萋萋，万仞山空绝鸟啼。
> 独有黄公千古庙，神灵常护白云飞。

# 这里有座白瀛山

周楚芳

读初中时，班上的同学来自全县各地，我的同桌来自云山。课余，同桌间常会聊起自己的家乡。我说："我们村子边有座美女山，孩子们经常爬上山顶，可以望得很远很远……"同桌说："我们那里有座白瀛山，现也叫白云山、白银山，山上有化石，有柿子，有芍药，老人们讲以前山上有神仙……"说着，他眼中充满自豪，说完还写了"白瀛山"的"瀛"字给我看。

那时没有电脑，也没有什么书籍资料，能称得上工具书的只有一本《新华字典》。我查阅了几遍，"瀛"是"海"的意思。云山没有海，难道会有与海相关的山？这让十多岁的我很好奇。从此，我就对白瀛山非常感兴趣，和这座山有关的资料、故事总要多留心一些，有时看到"瀛洲""瀛台""瀛海"等词，也会情不自禁地想到白瀛山。20世纪80年代的交通还很落后，许多同学是步行上学的，白瀛山虽然离学校只有十几里路，但那时如果我要登一回白瀛山却还真不容易。

家乡的美女山让我的童年有了一个登高望远的平台，而同学

白云生处

白瀛山云海（陈建权 摄）

家乡的白瀛山又给少年的我一个想象探索的空间。我一遍遍在心里描绘着白瀛山的模样，期待着有一天能慢慢地从山脚爬上山顶，一睹白瀛山的真实面容。随着年岁和知识的增长，一座基于文献记载和故事传说的白瀛山在我头脑中逐渐丰盈清晰起来。

白瀛山，位于深泽和云山之间，离磐安县城安文约 7 千米，海拔 742 米，以前属永康县管辖范围。嘉靖《永康县志》载："山顶平坦，广数亩，围三十里许，多种药材，其芍药最有名，价昂贵，故俗又呼白银山。"民间盛传白瀛山是从海底涌出的一座神山，山顶有渔民拴船的大岩石。据学者考证，白瀛山的岩石属于火山岩，其基性岩类为灰黑色橄榄玄武玢岩，岩层中有螺、蛤、鱼、龟等动物的化石，这些水生动物化石证明远古时这里是沼泽、湖泊，甚至是大海，海陆变迁才形成了今天的白瀛山。历经漫长的岁月，火山岩风化后形成了肥沃的土壤，白瀛山成了中药材、柿子、银杏种植基地，培植出了"云芍""牛心柿"等名优农特产。

白瀛山在大盘山主峰西侧，山峦重叠，沟壑相连，为古代统治者鞭长莫及之地，又是通往金华、丽水、台州等地的要道，是一处难得的世外桃源。古代多有名人在此躬耕自食或隐居求道，百姓也纷纷觅此乐土安家。东晋永和间，道人葛洪寓居白瀛山采药炼丹，并向百姓传授认药、移植技术，以救助大众，后被当地药农尊为药仙。我想，葛洪可能就是我同学说的神仙。白云山村位于白瀛山半山腰，村民全姓葛，相传是葛洪后裔。南宋时期的陈鹏飞，为当朝名儒，与苏东坡、张子韶合称"南宋注经三杰"，"靖康之乱"时隐永邑瀛山（白瀛山），是为屋楼陈氏始迁之祖，逝后，遂葬于白瀛山脚银川山。南宋永嘉学派的集大成者叶适为其撰《陈少南墓志铭》。元代中期，石头村祖先为反抗官府压迫，从台州黄岩迁至白瀛山麓现居地，繁衍生息至今。白瀛山中，还散布着仰头、石贝、上葛等村庄，这些村子依山就势而建，村民勤劳淳朴、勇敢善良，每个村子都流传关于白瀛山和自己先祖的动人故事。

许多年后，我终于在不同的季节登上了白瀛山。由于对此山已想象探索良久，所以每次进山，我都对白瀛山的山体走势、岩层土壤及草木植被观察得非常仔细。白瀛山的海拔其实不是很高，但由于四周地势低，相对落差较大，整座山峰显得伟岸挺拔，山顶常与蓝天白云相伴，山间草木繁茂，鸟雀飞鸣，确有一派"地僻民风古，山深鸟语娇"的意境。

记得第一次专程登白瀛山，是在一个秋高气爽的下午。我们大小六七人，沿着马坞边的小路拾级而上。马坞三面环山，中间平缓开阔，整个地形犹如一把太师椅。倾斜的阳光照射过来，把山谷渲染得富有层次，成片的银杏树摇曳着满树金黄，中间偶有几棵柿树，枝头高挂着黄色的灯盏。一阵风吹过，银杏叶像彩蝶般漫天飞舞，小伙伴们欢呼雀跃，继而在铺满落叶的地上打起滚，银铃般的笑声响彻山谷。我们在绚丽的油画中渐行渐高，渐行渐远，直到太阳落山才依依返程。

第二次专程登白瀛山是在暮春时节。我们先驱车至白云山村，尔后向山顶攀爬。一路所见皆是生机勃勃、苍翠欲滴，时不时有清脆的鸟叫声传入耳中，偶遇在地里劳作的村民，总会笑着与我们搭话，并亲切地指引我们前行的道路。坡地上一株株银杏树摇着绿色的小蒲扇，银杏已在叶片间露出了小脑袋。银杏树地边多套种芍药、鸢尾、玄参等中药材，芍药已过了盛花期，但零散的芍药花儿仍透出无法遮掩的娇美。野蔷薇、金银花霸气地在荒坡田坎自由生长，挨挨挤挤的花朵竞相绽放，发出淡淡的清香。我们一边走，一边搜寻，终于也在风化的砂土中找到了几颗螺蛳化石，小心地把它们当宝贝一样收藏。最后，我们来到两块耸立的岩石下，我觉得这可能就是葛洪的炼丹处。我摸摸袋中的化石，又望望远处，雾气正在山谷中升腾聚散，再看看山脚，四面是道路通达、村镇俨然。我不禁感慨白瀫山平凡中的奇特和世间沧海桑田的变幻。

"山不在高，有仙则名"，白瀫山是当地百姓的生活家园，是磐安人的精神脊梁，也是浙中山岳文化的一个凝聚点。每当走进云山、讲起云山，我就会像当年的同桌那样，跟客人或朋友自豪地说："这里有座白瀫山……"

# 白云山石群之谜<sup>①</sup>

## 吴警兵

　　葛洪炼丹的石鼎还高高矗立着，一个个石螺蛳还在承受着时间和风雨的洗礼，那条千姿百态的"石腰带"还在叙说着古老的往事……

　　慕名白云山已久，说这里有许多好看的石头，还流传着一个东晋道教理论家、医学家、炼丹术家葛洪曾在此炼丹的故事。10月16日下午，记者来到了这个被古人称为"地僻民风古，山深鸟语娇"的小山村，开始了与白云山心贴心的对话。

　　白云山村面南而卧，坐落在白云山脚下，是远近闻名的牛心柿主产地，一条得益于结对扶贫而修建的机耕路攀着山体蜿蜒而上，为这个小山村打开了一条通向脱贫致富的大道。而对于村后的那一条腰带似的石群，村民们从没有用一种异样的眼光来看待过它们，因为，他们和大山的交流已经是那么和谐与自然了。

---

① 原载于《磐安报》2000年10月18日，第3版。

白云山之谜（孔黎明 摄）

金色的秋野到处弥漫着收获的气息，在村民主任葛世宽的陪同下，记者沿着这陡峭的山体，走进了这谜一样的白云山石群。

白云山，海拔 742 米，古称白瀛山，又称白银山，嘉靖《永康县志》载："山顶平坦，广数亩，围三十里许，多种药材，其芍药最有名，价昂贵，故俗又呼白银山。"

自白云山村始，向上攀登到离山顶约 100 米高处，只见山体的四周都齐齐地矗立着一排排千姿百态、雄壮巍峨的巨石，有的如各类动物造型，惟妙惟肖，憨态可掬；有的如利剑直插云天，如巨屏，岿然不动；还有一巨石如一巨大的石鼎，顶天立地，蔚为壮观，这想必就是当年葛洪炼丹之鼎吧。嘉靖《永康县志》也有记载：白云山上有石鼎，相传为葛洪炼丹之鼎。因此，清代诗人王环在他的《九日载酒登白云山》中赞叹道："傲睨诸峰颇不群，登临载酒任微醺。山池水落鱼愁雨，江浦天低雁出云。石鼎当年谁锻炼，黄囊今日我殷勤。龙沙逸兴无多远，直放豪情薄夕曛。"其瑰丽壮观，令人叹为观止……向导老葛指着前面的三块巨石说，左边的是白象岩，右边的是哈巴狗岩，中间这块如一位迎风而立的妇女，村人称之为望夫岩。经他一点拨，眼前的具具石像便突然生动了起来，才觉得大自然的匠心原来也可以如此独具一格。沿着白云山腰，一列列形态各异的巨石群就像条石腰带系在巍巍白云山山体上，且有近15千米之长，而在这"石腰带"之上或之下，都很难找到这么齐整众多、这么富有造型和美感的巨石，这在其他地方是极少见的。而更让人感到奇怪的是，在这条"石腰带"之上，山体的泥土分别呈深红色、灰黑色和灰蓝色，且层次十分明显，有些地方则是几种颜色的泥土混合在一起，成了一片彩色的泥土。老葛说，这些泥土都是石头风化而成的，在一些还没有风化的石头中还可以找到许多螺蛳化石（当地人称之为石螺蛳）。于是，我们找到了一片红色的岩石，只见这些石头外表已被风化成松散的碎片，不用任何工具，只要用手轻轻地一挖，就会一块一块地散落下来，且很有层次和条理，在这些挖出来的红色的或灰蓝色的石块中，还不时地可以发现一个个小螺蛳化石或一个个白色小圆球，这些被深深密封在石块中的小球体比这些石块本身更软更细腻，用手指一捏，有一种捏碎煮熟的蛋黄的感觉。

　　葛世宽时年57岁，他说，他十五六岁时常到这里来捡石螺蛳，现在来的人少了，只是邻近的一些学校还要带学生来搞野外活动，才要捡些石螺蛳回去。随后，我们又来到该村的桃树坞自然村，在村口的小溪里，72岁的陈茂双老汉主动帮我们找了块螺蛳化石，他说，来这里找石螺蛳的人很多，他已帮人好多次了。该村已87岁的葛隆大老人想起往事也还记忆犹新，他说，年轻时在田地里干活，到山上去割草、打柴，都可以捡到石螺蛳，那时候，如果有谁家小孩子的"小鸡鸡"病了，大人总会到山上去捡几个石螺蛳回来，把它碾成粉敷上去就好了。他还说，白云山村所在是一个燕窝地，村后那一排石壁就像楼栅，保着村子的平安。而在记者看来，这其实更像一块巨大的屏风，为白云山人遮挡着风雨。碰巧，我的这一想法，在葛世宽的介绍中得到了印证，他说，因为有了这些石壁在村后遮挡，好几次台风过来，都没有给他们村造成什么损失。

现在，随着人们生活条件的改善和生活水平的提高，白云山四周的植被保护完好，是一个充满绿意的栖息之所，当我站在白云山村口，被绿色包围着的山居又是一片"山气日夕佳，飞鸟相与还"的忘我之境了，而此时的白云山和我之间的距离使我真正感受到了她的魅力之所在，关于葛洪炼丹的传说，关于石螺蛳，关于围在半山腰的千姿百态、栩栩如生的"石腰带"，这些都谜一样地给我们的生活带来一种追求美和理想的力量！

# 白云禅寺<sup></sup>①

卢国兴

《白云铺笺》一诗咏道：

> 白云山似白云笺，铺出神仙葛稚川。
> 仙笔一支如背借，时时腕下出云烟。

白云山即白瀛山，又名白银山，坐落于云山旅游度假区的中心位置上，海拔 742 米，东西宽约 3000 米，南北长约 5000 米。登白云山顶可鸟瞰簇拥四周山脚山腰的十多个村镇，可眺望蜿蜒起伏的远近群山。白云山因崛起于泽国，山上部分区域至今尚可找到螺蛳、河蚌等水生动物化石。

白云禅寺坐落在白瀛山主峰顶。每年元宵节，周围村落的许多龙灯会来给古庙叩首；农历二月初五、三月廿八和八月十八，均有成群结队的善男信女登上山顶进香。

---

① 原载于《磐安寺观》，浙江古籍出版社，2014 年。

**曾经的白云山古庙**（佚名 摄）

2007 年 9 月，古庙重修，主祀黄七公。主祀两边依次排列着黄七公夫人、金七公、王罗庆小相公、财神、五谷神、当坊土地夫妇、文武判官等九尊木雕神像。

黄七公，传说为宋代永康孝义乡（今磐安县新渥、深泽、盘峰等乡镇）乡主。当年孝义乡灾情严重，为减免当地百姓的三年赋税，黄七公做出很大努力，人们由是感恩戴德，在其西去后塑像祭祀，尊其为"黄七公大王"。不仅在白瀛山，新渥镇的八盘岭也有黄公庙。据清光绪《永康县志》载，八盘岭"迂回曲折"，其上"孝义乡主黄七公庙在焉。左边为观音阁，住持者施茶汤灯火"。可见黄七公的传说并非虚构。

黄花如锦草萋萋，万仞山空绝鸟啼。

　　独有黄公千古庙，神灵常护白云飞。

　　这首无名氏所作的《九日游白云山》代表了孝义乡后人对"为官一任，造福一方"的黄七公的感怀思念，佐证了这一古庙存在的不凡意义。

　　据当地百姓相传，黄七公神像问世前，峰顶古庙就已存在，祭祀的是当地土地。黄公神像落成后，古庙屡次修缮中也曾几度易主，但2007年修建后，人们仍然尊崇黄七公为古庙内最重要的一位神祇。

　　据近年发掘到的庙宇石刻碑文所载，明弘治十四年（1501）七月，智空大师在白瀛山北侧山麓也曾建有白瀛庙。主要建筑有天王殿、大雄宝殿、毗卢殿、东堂、西堂、般舟堂、藏经楼等，规模之宏大、香火之鼎盛前所未有。

　　《南潘葛系宗谱》载，智空大师号妙有，俗名葛贵钿，白瀛山人，生于明成化十一年（1475）。他15岁开始诚心礼佛，23岁入国清寺聆听万松大法师宣讲佛经，得法师剃度并赐法名为"智空"。26岁时其母去世，智空回白瀛山尽孝子礼，后率众修建白瀛庙。庙成，智空大师升堂宣讲他所专修的《妙法莲华经》，天下僧众闻其名，跋山涉水云集于此，白瀛庙因此声名大噪。后来庙宇历经沧桑，多次被火毁，几度重修。

　　2013年3月，磐安县民族宗教事务局发文批复，同意重建白云禅寺。

云山谣 乙编

石螺矻矻产山头，四顾分明气象侔。
雨打青苔蝓欲动，风吹绿草黛偏浮。
七年旱魃心无惧，九载洪荒势不忧。
自与舞仙归息后，依然并地共长留。

——〔清〕马式模《螺岗》

# 白云生处有人家

*胡海燕*

　　几只喜鹊在枝丫间跳跃，一边啄食树上的柿子，一边叽叽喳喳地说话。若是我们能听懂鸟语，从它们欢欣雀跃的神态来看，应该是在感叹：柿子好甜哪，味道不错。另一只便欢快地附和：是呀是呀，带几颗回去。于是，又啄起一串叼在嘴里。得到几枚成熟的柿子，便是这个晴好的秋日里最浪漫的清欢。

　　这是来到白云山时，迎接我的第一个场景。池塘边，一棵看起来颇有年岁的柿子树偏立一隅，树皮粗糙斑驳而又黑不溜秋，是岁月留下的痕迹，一看就老态龙钟的，仿佛时间的脚在树皮上反复摩挲。叶子已被秋风刮落一些，稀稀拉拉的，仍旧绿着。秋霜不来，它们便不敢兀自变黄。枣子一般大的柿子，密密麻麻挂了一身。

　　我一直认为树上结的是枣子，那种大小，那种模样，与长条形的枣子无异，只是它们长在柿子树上，于是，被叫作"柿枣"。树身上挂着的一小块绿色牌子说明着一切，像怕人误会作出的澄清。

**白云生处有人家**（郑丽娟 摄）

　　牌子上写道：磐安唯一的一棵柿枣。不知有无具体考证，但在别处确也未曾见过。又说，柿枣也称"柿蒂枣"，果实中等大，短柱形或椭圆形。平均果重五克，最大果重十克，大小很不整齐。仰头望去，所言不差。

　　当然，在白云山，还有更出名的树。那是几棵长在一块儿的银杏树。都说人是群居生物，哪儿热闹便往哪儿挤，看来，树亦如此。银杏长了近千年，被人称为最美的树，姿态美，颜色也美。它们商量好似的，站在最合适的位置，铺排成一幅唯美的图画。一棵站得高些，便欠着身子斜斜地往下探，站在下方的三棵也伸过长长的枝条来，直到牵扯在一起，搭成一个绿色的帐篷。晚秋时分，叶子黄透，树上、地上满是金黄，像披了一袭华美的霓裳，成为远近闻名的美景。许多人慕名而来，只为看一眼这华丽丽的场景。

　　树的美是时间慢慢给的，不像人的青春稍纵即逝，最美不过弹指间。树总是越活越美。粗枝大叶是一种美，高耸入云是一种美，挺拔笔直是一种美，虬曲沧桑是一种美，被雷劈中、中空无物依然焕发生机也是一种美……这些美，是时间一分一秒地雕琢出来的，是风霜雨雪、四季轮回留下的足迹。

　　几位老人坐在树旁，许久未曾挪动身体，有人经过便看人，认识的聊上几句，不认识的反复看几眼，像看新闻一样。这些外来的人群是这个村子流动的新闻，身上带着不一样的信息。有猫啊狗啊经过，他们也看几眼，骂骂咧咧地数落它们贪玩，似乎是它们的活泼好动打破了一村的宁静。剩下的时间，他们便看树。扇形的银杏叶飘离枝头，像跳舞。它们先从枝头跳出来，再旋转几圈，又潇洒地飘舞一阵，一片接着一片。风大时，叶子落得纷纷扬扬，像下雪。忽又听得啪啪几声，几粒白果砸向地面，砸出浅浅的湿痕。仰头一看，满树的白果成熟了。

单调的晚年，不离不弃地陪伴一棵树，成了老人们最重要的生活内容。在乡村，那么多人哪儿也不去，长年守着一段树根，晒太阳，看星星看月亮，守着守着就把自己守老了。树却还是老样子，几乎一点儿都没变。似乎，树的青春是一村的老人给的。

地上落满了白果，几个妇女拎着篮子捡。

她们说，今年干旱，白果结得小了。

又说，吃几颗对身体好。

又说，村边的银杏也都挂满了果，却不如这几棵树上的好。

另一个声音附和道，长了千年的树，结出的果总要好些。

在这个依山而建的村庄，似乎树才是真正的主角。村边山坡上种满了银杏，虽只有几十年的树龄，但多呀，每年秋天，一整座山都黄了，仿佛金色的小塔站满了山岗。人们从四面八方赶来，在这方金黄的海洋里流连忘返。在秋天，还有什么风景比这更绚烂的呢？还有什么事情比看黄叶更浪漫的呢？

村中有棵神奇的画眉树，其花如桂，开放时香味浓郁。据传，若画眉树叶子被虫子吃光，这个夏季就要闹旱灾，反之则能风调雨顺，因此村中人世代称其为"气象树"。我没找到画眉树，没有见过它验证奇迹的样子，但也因此，它便更神奇地长在了我的心中。

还有许多柿子树，树上长很大个的柿子，形似牛心，叫作牛心柿。据说，宋时白云山牛心柿属婺州贡品。现在，村里每年都举办柿子节。为一枚柿子举办隆重的节日，柿子愈发深得人心。

房子也像树一样，沿着半山腰往上爬，见到平整的土地就安定下来，扎根，生养一户人家。它们快爬到山顶了，眼看就要摘到白云了。房子大都是白的，纯净得像一朵又一朵洁白的云。而远望之，一座洁白的村庄，一些洁白的云朵，遥遥呼应，又牵牵扯扯。

相传，东晋道士、医学家、炼丹家葛洪，自小酷爱神仙导养之法，后携子侄云游各地名山，曾居于大盘山一带采药种药，并炼丹济人。白云山上所种白芍，为菊花芯，药效特好，价格特好，药农得利多，故此山又称"白银山"。葛洪后在白云山炼丹，清代《永康县志》载，山上有石鼎，相传为葛洪炼丹之鼎。传说，某一日，葛洪得道成仙。当地药农尊之为药宗之一，在白云山顶立庙塑像纪念。

葛氏先祖葛伯云为家中长子，原住东阳廿里牌。宋末元初时期，伯云公看好此地有山可依，材木旺盛，土质肥沃，更为可喜的是，有一口下水井。传说大旱时期，整个永康只有"两口半古井"不会断水，下水井便是其中之一。它冬暖夏凉，水质甘甜，先祖选择在下水井附近搭了几根木头，覆以茅草，就住了下来。

我以为，在此地扎下根来的人们，是另一些树。每个人各有来处，各有去处，和树一样。

我们似乎是专程来看云看树的。云在天，在某些特别的天气会下到白云山，探访人间烟火，是名副其实的"白云生处有人家"。树长长久久地长在地上，长大长粗，变壮变老，似乎哪儿也不去，实际上却是从遥远的时间深处走来，一走便是百年千年，而强大的根系在黝黑的土壤中早已抵达我们未能抵达的深处。

# 白云的故乡

*虞彩虹*

白云山是山名，亦是村名。去白云山，最好是秋天，无论是为了看云，还是为了白云山的柿子。

我很小就知道白云山，除了因为那座抬眼可见的山，更是因为白云山的柿子。虽然望了白云山很多年，但第一次走进白云山这个村子，却是在前年。只因白露夜，梦见两枚硕大的柿子，是白云山柿子的模样。几天后，先生就驱车带我上了一趟白云山，将路边一户人家放在门口的柿子全买了下来。那日，天将晴未晴，云雾迷蒙，我们行色匆匆，只记得车子沿着山路拐了好多弯，那趟白云山之行便有些如梦似幻。不过，买回的柿子是真切的，它们个头丰腴，口感清甜，是正宗的白云山"牛心柿"。

后来我又上了一趟白云山，才看清村口房屋沿坡而上，居于路边，村中房屋则依山而建，呈阶梯状，虽朝东朝南不一，但整体坐西面东。屋脊高低错落，树木也高低错落，除了古槐、古银杏树，当然还有许多柿子树。我在村子后面的山坡上盘桓，散漫而悠闲。忽闻谈话声，辽远而清晰，似天外飘来，叫人恍若置身

白云山银杏王（郭丽泉 摄）

桃源。原来是坡下村口人家门前，三五人谈兴正浓。想坡上坡下，应是鸡犬相闻。

朋友得知我去白云山，便托我带些柿子回去，她说她的朋友很喜欢白云山的柿子。看来，白云山柿子的声名传播得越来越远了。只是，我来得太迟，哪里还有柿子的影子？影子其实是有的，它们在陆陆续续下山的人手中，我只能眼睁睁看他们拎着黄澄澄的柿子从眼前走过。

那天，来白云山的人实在是多，他们是来白云山赶丰收节的。白云山人庆丰收的仪式很是庄重，除了长桌宴，还有另一种形式：一群人，有老有小，穿戴着黄缎红边的服饰，排成一列长长的队伍，敲锣打鼓吹唢呐，在村子里绕屋而行。来之前，我并不知道白云山过节。等我到了村里，长桌宴已经结束，许多游客正准备下山，但鼓乐声还在。那列长长的队伍也走出村子，往对面的小山走去。既而，鼓乐声于对面山间飘回村子，有些缥缈，仿佛从远古而来。

白云山人多姓葛。葛天氏部落是中国最古老的姓氏之一。据载，这是一个擅长歌舞的部落，主要活动在今河南东部一带。那里树林茂密，百鸟云集。葛天氏从鸟儿的鸣叫声中得到启发，创作了"葛天氏之乐"。《吕氏春秋》载："昔葛天氏之乐，三人操牛尾，投足以歌八阕：一曰《载民》，二曰《玄鸟》，三曰《遂草木》，四曰《奋五谷》，五曰《敬天常》，六曰《达帝功》，七曰《依地德》，八曰《总万物之极》。"我在《中国古代音乐史》里曾读到这些，只是当时未曾来白云山，更不会将那种古老而原始的歌舞艺术跟白云山联系在一起。如今，虽无人操牛尾，亦无人歌唱，但白云山人对土地和自然的敬畏却一样真挚感人，而后人"黄发垂髫，怡然自乐"的生活景象，也定然会让他们的先祖觉得老怀堪慰。

**白云的故乡**（郑丽娟 摄）

从白云山屋前、路边的摊子看，白云山丰收的远不止柿子，比如红薯，比如生姜。还有些什么我已经忘了，因为我一心想找柿子。其实，白云山上还有柿子。村子后面那棵柿子树，苍黑的枝条疏密分叉，虬曲多姿，最顶部的枝头上，分明挂着五六枚朱红的柿子。那几枚红柿子，在阳光下散发着诱人的光芒。如果柿子的主人在边上，我也许会恳请他摘下三两枚，实在不行，一枚也好，这样也算不负朋友嘱托了。只是，我们怎么好意思跟鸟儿抢吃的呢。这种在树上留几颗果实的做法，在日本被叫作"木守"，想想真是极有意思的。

白云山的柿子都被人买走了，好在，白云山的云还在。山中何所有，岭上多白云。白云山当然不是除了云就别无所有，不过，那日的云似乎特别多，想必它们都赶到白云山过节来了。天也蓝得出奇，薄的、厚的云，就在这蓝得出奇的天上慢悠悠地飘。蓝天白云之下，乌桕已红，银杏金黄，高大的枫香黄中透红，无不昭示着秋天的华美，但我，还是更喜欢天上的云。我知道，这样频频抬头看云，很容易暴露自己的身份，一个外来者的身份。白云山人哪会如我这般看云呢，在他们眼里，云只是白云山的一部分，他们早就习惯了在离得很近的云下劳作与歇息。我在比白云山还高的西藏看过云，但因那里海拔太高，离神又近，便有种恍兮惚兮的不真切感。在白云山看云，也觉得山很高，离云很近，却有一种身在人间的踏实。

白云山的云是有仙气的。相传葛洪为求养生仙术来到白云山，见此山颇有仙气，就定居于此，并种出与别地不同的芍药。这芍药，一度成为贡品，如今"浙八味"之一的中药材杭白芍，即指云芍。葛洪受山水和药理的双重启示，写成《抱朴子》和《神仙传》。"欲求仙者，要当以忠孝和顺仁信为本，若德不修，而但务方术，终不得长生也。""欲求长生者必欲积善立功，慈心于物……如此乃为有德，受福于天，所作必成，求仙可冀也。"只是，成仙是件很困难的事，还不如老老实实做人，做个"积善立功，慈心于物"的人。

既然没有柿子可带，不如给朋友带一朵有仙气的云吧。我不是在说笑，我是认真的。从前，有个余姚人杨某，就曾塞云入瓮，带回家中。不过，他塞的不是白云山的云，而是四明山的云。《绍兴府志》曾有记载，说杨某"为人甚有逸兴。尝游四明山过云岩，见云气弥漫，讶之，爱其奇色"，就带了三四口大瓮，在云深处，伸手把云往里塞，塞满后用纸密封，带到山下。三四口大瓮！好家伙，他这是有多爱云，又有多贪心呀。后来，与客人饮酒时，他就搬出瓮来，"刺针眼，其口则一缕如白线透出直上，须臾绕梁栋，已而蒸腾坐间，郁勃扑人面，无不引满大呼"。从前的人哪，没有最雅，只有更雅。

可是，我该拿什么装云呢? 收集云朵的事儿，说是战国时就有了。那时还有专门的"锁云囊"。佩戴此囊，登至高山，选云多之处，打开囊口将云吸入。回到家中，打开囊口，云朵自囊中缓缓飘出，浮于房间。据说，云朵依然白如棉絮。也有将云朵收拢在随身携带的竹器里，回家后开笼放云的。我没带瓮，也无竹器，要不，就将白云山的云先存到手机里，转发给朋友，让她挑出喜欢的，再装入口袋里带回。这样，方便倒是方便了，却失了好多兴味。

那么，我就自作主张，选一朵自己最喜欢的带回吧。我觉得好的，朋友也会觉得好。

# 细雨中的白云山

罗锦建

在我看来，白云山在用一场大雨试探我们的诚意。对于她的试探，我是喜欢的，不止因为我对雨的偏爱，她的试探还让我想起那些追求完美的人。我一直以为每一个完美主义者的内心都潜藏着自卑，轻易不对人敞开，而她一旦遇见喜欢的人，便如《诗经》里的女子，鼓起勇气来，管他爱或不爱，都要试上一试。白云山就是这样。如果凑巧他也知她、懂她、爱她，她就如遇春风的花蕊，把自己全部的美与丑都呈现出来，不遮遮掩掩，却又有含羞带娇的韵致。你说，这样的白云山，我能不喜欢吗？

那天，抵达白云山村口时，雨突然小了，让人诧异也叫人惊喜。你想，一群裹着书卷气的文人到一个古村里走走，若是没有一场细雨，总让人觉得似乎少了点情韵。而雨说停就停，说小就小，像接到命令似的，齐刷刷地安静下来，就连路边的那丛小黄花也只微微一颤，就出奇地安静了。在这样的地方走着，心里陡然升起一份叫敬畏的情愫，我们的言行也不敢造次了。

撑着伞在村口徘徊，听着大大小小的雨声不知往哪条路走好。

作

细雨中的白云山（郑丽娟 摄）

说来这样的担心是有些可笑的，你随便捡一条路走，都能走进村庄，你随便走哪条路，都能看到村庄的美。

顺着一条上行的小路进村。一路上，我看见路旁有一些紫的、红的凤仙花，这儿一株，那儿一丛，随处落脚，似乎想开什么花就开什么花，浓烈的红，艳丽的紫，淡淡的白，粉粉的红，没有不让人艳羡的。从这条路走到那条路，又从那条路走到另一条路，脚踩着这条路，看到的却不止一条路，它们高高低低，曲曲弯弯，在房前屋后延伸着，像村庄流动的血脉，让静默的白云山有了生命的律动。突然想，如果远远望去白云山是一幅画，那么走进白云山，看到的每一眼都是画。你看那些墙，旧筑新楼各有各的好。就说土墙吧，随处可见，每迈一步都能看到不一样的。就算小如畜棚，它的墙上也有像爬山虎一样的绿色植物，或挂着，或爬着，不多，却恰到好处地美着；墙角开着一些花，大的，小的，红的，白的，都有，不整齐，不划一，想必主人也是让它随便长吧。可就是这么随便一长，那墙就活了。我仔细一想，如果把它们割裂开来，那墙也还是美的，那扇看着就有些年头的半开着的门就给墙打上了艺术的标记。

我在布满大大小小青苔的石阶上走着，看着泥墙木屋在细雨中若有所思的样子，神情也开始恍惚起来。时光回到二十多年前，我就常走在这样的路上，听到沟渠里泻下来哗哗的水声，心也哗哗地欢喜。穿着红雨鞋，带着一把破伞的我在细雨里东游西荡，想走哪条路就走哪条路，想去哪儿就去哪儿，一点儿羁绊也没有。哪像现在，约束太多，那种说走就走的旅行成了梦想，就算到近处走走，也不是说走就能走成的，更何况时间和心境的步调不同。

再看那些木屋的廊檐下，一律堆放着拾掇好的柴薪。从柴草里你会看见一些绿色的小生命，低低的，矮矮的，却勇敢地冒出来，不怕风吹雨淋，一心渴盼阳光，即使萎了，也让人敬佩。而院子里那些长长的南瓜蔓子就更肆无忌惮了。它占领了院子一角，把那些久置不用的柴草遮得密密实实，自己却开出金黄色的花。你看着花一朵又一朵地开放，又一朵接着一朵地凋谢，最后结出一个个硕大的果实，你的心一定也会猛地一颤吧？还有门前的小院，院子不论大小，都安排得井然有序。大的，就在里面种几棵果树，桃子、李子、石榴都有，再种些丝瓜、茄子、黄花菜或其他的花花草草，连搭的竹篱笆架子也像装饰似的；小的呢，哪怕小到屁股大的地方，也要在上面种株百合，让它开出美的花来。

篱墙院落无一不是美的。如果你在白云山走过，就会发现，村庄的路多得让你走不过来，而不论是土路还是新铺的水泥路，都有它自己的韵味。在这样的地方走着，即使庭前看不见一个人影，你也绝不会感叹村子的寂寥。那些疏松的泥土、新生的南瓜和从城里移栽过来的花草，都在告诉你：这儿是有人生活的。

我羡慕起眼前那几只戏水的鸭子，它们在属于自己的一方池塘里你追我赶，兀自欢喜。就算是路边久经风吹雨打的砌墙石，也在风雨中披上了五彩的苔藓，在时光里微笑。

# 石头古村

周梅玲

从云山旅游度假区去石头村其实很近。从云山公路的一侧上去，经过一片工业园区后一个拐弯，石头村已在眼前。

我曾经在一次"石头村摄影比赛"中听说了石头村，就对一个村庄还搞摄影比赛感到奇怪。后来，听在安文政府工作的朋友说，石头村的旧房子修缮得比较好，很值得一看，于是常在心里惦记着它。

石头村坐落在有着美丽传说的白云山上，四周树林环抱，古树掩映，人家就藏在盘状的山坳中。它其实就在云山公路的上方，只是站在公路上却看不到上面的村庄，隐得有点巧妙。石头村的水口是颇有画面感的，一个转弯来到到村口，蓦然只见一块两米多高的椭圆石头立在前面，浅浅的米色，带着岩石的自然花纹，上面写着红色的竖排繁体字"石头村"。石头的后面，一边是墨绿色的繁茂的古树群，一边是亭阁和围栏幽通到村综合楼。初来乍到，感到村口有点像一幅古典的舞台布景展在眼前，好像有故事就要开讲。这写在岩石上的"石头村"三个字，却总使人想起曹

白云生处

石头古村（孔黎明 摄）

雪芹的《石头记》，一种隐隐的梦幻感萦绕心头，这样的村是不是也带着点文学色彩呢？

先看看村口的古树吧。这些有着 700 多年树龄的古树，都是珍贵的红豆杉，十几棵红豆杉成群抱团，撑开繁茂的枝叶连成一片，填满了村口山凹处的空隙。这样大面积的红豆杉古树群，是比较少见的，它们站在一起，上面肩叶相挨，连出一片苍翠，又画出几笔凝重。它们下部的树干之间是空旷的，中间有一条小瀑布顺着山势终年潺潺而流，清幽幽，荡气回肠。村里人说，这些古树挡住了西北风，使村里的风水更好。村里人又说，红豆杉是他们朱姓的图腾，祖先在村口种下红豆杉，为追根溯源。红豆杉又名赤心木。相传上古时代，伏羲部落联盟中有支部落，对赤心木怀着深厚的感情，把它当作本部落的图腾，并认为自己是神圣朱木的后裔，于是把自己称为"朱"氏。石头村的朱氏祖先于元代中期从台州黄岩避乱迁居，择居美丽的白云山，他们依旧以朱木为图腾，并在居住地种植大片红豆杉。光阴荏苒，朱姓人和赤心木一起生生不息，形成了今天的石头村。这里的朱姓人温厚淳朴，文脉流长，一个村 700 多人，有 100 多人在外工作。村里有朱姓作家，是县文化馆的文学干部，如啃《石头记》一般，多年呕心沥血，走南访北，编写了全国朱氏首本史志《朱姓迁流史》，为朱姓留下珍贵的史料。

石头村的另一风景是老房子。当别村在大肆拆旧房改新村的时候，石头村在村委的正确引导下，在造新房和改造旧房之间，选择了将木头房子翻新，而保留木头房子的原风格。沿村口山脚下的小路走去，地势层层而上，每户人家面前都光线明朗。忽然冒出几排翻新的古屋，感觉时光倒转。雕栏犹在，高墙历经风霜。门板和柱子都已换成新木头，木头吊顶，木头阳台，干干净净。美丽的雕花门窗，蓦地使人想起苏东坡那句"小轩窗，正梳妆"，于是那些属于小轩窗的过去时光，在心头若隐若现。正是雨天，有一农户的门前挂着蓑衣，这件为祖辈遮风挡雨的由棕榈丝编成的外衣，已经不多见，它和木头房子同出一辙，讲述着人与自然相依而安。我出生在 20 世纪 70 年代，从我记事起，家家户户都以能造起钢筋水泥的洋房为荣，回看木头房，却感到一种人与房子的血缘。住在这样的房子里，心静了，静得像枝枝叶叶一样舒展。世界远了，远得只剩下自己一个人在对话。祖先，远古，自然，都一一铺陈开来。我想起爷爷留下的房子，那房子还不算老，三间房子、一个院子，经过这样的翻新，我住在里面是多么幸福。我握住了爷爷的手，留住了他老人家的慈爱。

村里一些有经济头脑的农户，在翻新的木头房子里开起了农庄和农家旅馆，"云石人家""安石居"，诗意的名字写在门前。当越来越多的外来游客向云山旅游度假区纷至沓来，石头村，是人们心灵深处可遇不可求的家园。

"寒山转苍翠，秋水日潺湲。倚杖柴门外，临风听暮蝉。"美丽的石头村，和相邻的白云山村一起，和白云山上的芍药花、银杏树、柿子树一起，唱着优美的田园牧歌。

# 芍药芬芳满云山

周梅玲

"就在那山脚下，芍药花开鲜艳芬芳，一条山路穿树林，伸展到云端上，路两边长满山珍，看在眼里喜在心上……"每当置身乡间田野，面对山花烂漫，群山葱茏，这首流行于 20 世纪 80 年代的《山间小路》，总是不自觉地在耳边响起。尤其想起那一句"芍药花开鲜艳芬芳……"眼前就会浮现出一幕幕芍药花开的画面，一段活脱脱的 MTV 在脑海里播放，一首歌和一片芍药花，永远定格在那时的山间，那时的记忆里。

阳光明媚的春末，山花都谢了，草莓也红了，一地一地的芍药经过春风春雨的孕育，终于怒放在田间地头。她花开似牡丹，却比牡丹更芬芳，她带着花事和药事的双重使命，在人间四月芳菲尽的时候，给人一种措手不及的惊艳。那时候，靠山吃山的大盘山人家，家家户户种植药材，芍药花开，山间地头因为那一朵朵殷红而充满了诗情画意。少年的我在芍药地里驻足和穿梭，感到一种莫名的情怀将我深深地包围、浸润。

多少年后，在国家级生态示范区大盘山脚的白云山上，我又

云山芍药（吴警兵 摄）

看到芍药花开的盛景，于是时光倏忽回到过去，那首歌和那片花的 MTV 又在脑海里鲜活起来。

在有着磐石之安的人间仙境，有一处云山旅游度假区的风水宝地。城中的白云山，山高接云天，如飘飘仙子遗世而立，她一边连着县城，一边通向花溪风景区，一边直往诸永高速连接线，占尽了天时地利。

在云山公路的一侧，沿盘旋的山路而上，感觉渐渐靠近了蓝天白云。云山人家，隐藏在这云雾缭绕、云深不知处的山腰上，人家的后面，山势依然层层而上，只见那些庄稼地阶梯式向上，像一层层天梯伸向云端。那个春末，我因寻访白云山顶的白云禅寺而登上白云山，经过村后的那条山路上山，却不期与那一地一地的芍药花撞了个满怀。在通往山顶的小路两边，层层而上的山地开满芍药花，这边玫红的一地，那边粉红的一地，一整个花的海洋、花的世界，正是如歌中所唱的"芍药花开鲜艳芬芳，一条山路穿树林，伸展到云端上"。仰望，花地接云天，花海扑面来。微风下，芍药花朵朵风姿绰约，阳光下，芬芳的药味似香汗淋漓而发，四面飘散，沁人心脾。群芳簇拥，一时间恍若仙界，顿时忘却凡身，不管多俗的人置身其中，都似乎成了花仙子或花公子。同行的摄影的朋友将我在那一朵朵芍药花中定格，我想摆一个最好的姿势，展一个最美的笑容，但在和芍药花的合影中，总是显得逊色。在芍药地里穿来穿去，突然想起《红楼梦》第六十六回《史湘云醉卧芍药茵》，话说贾宝玉生日，众姐妹给他摆生日酒宴，史湘云喝醉跑出来卧芍药地而眠，以芍药花为枕，脸上和身上落满了芍药花瓣，扇子也置于芍药花丛中，却见史湘云秋波微闭，脸色微红，娇柔妩媚，一时间花和人合而为一。看来，只有文学作品中的美人才入得芍药花的画境，配得起芍药花的美。

　　白云山人家，全村姓葛，相传为东晋葛洪的后裔。此地流传着"葛洪种仙草"的故事，说的就是葛洪与芍药花的渊源。东晋名士葛洪，出身于江南士族，精通道术、医术，为求养生仙术而遍游名山大川，来到大盘山下的白云山，见此山颇有仙气，于是定居下来。他将随带的芍药种子在白云山种下，几年后，发现此地培育的芍药与别地不同，外形圆直，质地坚实，切开断面，可见层层菊花心，其味清香，久煮不糊，实为绝无仅有，不禁大喜。此后芍药在云山一带扩种，一度成了朝廷贡品。"浙八味"之一的杭白芍，就是云芍。

　　葛洪在白云山种成了云芍，他的医道合一的养生术也在白云山得到了启发。芍药养血疏肝、活血散淤，为养生良药、妇科圣药，肝火平了，心气顺了，于是正气生长，得之天年。芍药是多年生草本植物，只要种下一丛，它的根脉就会生生不息，古人称之为"将离草"，离别赠芍就像离别折柳，寄托着长相忆、长相守的友情和爱情。在白云山居住的日子里，葛洪的医道之术受到了山水和药理的双重启示，于是茅塞顿开，写成了《抱朴子》和《神仙传》，在书中论人间得失，世事臧否。

白云山芍药，久负盛名，身价高贵。在当地，流传着"一根芍药抵半金，两根芍药玩北京"的谚语，以前白云山虽然山高路陡，但邻村的姑娘却都向往嫁到白云山，是因为这里环境优美，盛产芍药，还是因为葛氏后人的仙风道骨？或许兼而有之吧。

云山旅游度假区的名片在大盘山亮起，不由得唤醒了人们心灵深处返璞归真的期许。她仿佛世外桃源，也许她本身就如云芍，不论你何时来到，这里都呈现一派悠然自得、天人合一的画面。花溪水潺潺而流，新民居整齐排列，各种养生项目和服务无不与芍药有关，"芍药足浴""芍药茶楼""芍药美容馆"，都传递着云芍的温情与大爱。

"念桥边红药，年年知为谁生？"那只温情的手，拂去你心中的疲惫，拂去生活的重压，云芍芬芳济天下。

# 云山芍药

马丽萍

　　芍药是名花，也是"磐五味"之一，在磐安有悠久的栽种历史。据说，磐安生产的云芍，是芍药中的佼佼者，在宋代的时候，曾是朝廷的贡品。大多数磐安人对芍药很熟悉，我也是。无论在什么地方，到了芍药花开的季节，我都能从空气中感觉到那浓郁的芍药花香。

　　30多年前，我正处于五六岁这个女孩子最臭美的年纪。阳历5月，芍药盛开，乘人不备，我一头扎入花的海洋。那红头绿身饱满坚硬而又有光泽的花骨朵儿，散发着甜甜的诱惑；盛开的芍药花，风姿绰约，用手一摇，花瓣就飘然而落，有时还会有受惊的蜜蜂，跌跌撞撞地从浓密的花蕊中冲出。那半开的或刚盛开的，最适合做花环和花束。摘上几朵自认为最美的，插在草茎做成的头箍上，就是个美轮美奂的花环；用草茎捆成一把，就是艳丽的花束。戴着花环，捧着花束，默默地站在花团锦簇中，倾听昆虫的嗡嗡声，感受四面八方汹涌而来的花香，我感觉自己是世间最幸福的孩子，最美丽的公主。在物质不算富裕的年代，芍药花满

云山芍药花海（金惠菊 摄）

足了我精神上无尽的享受。每次摘了芍药花回家，我都像个突然间拥有了无价宝石的商人，既兴奋，又不安。

　　8月，芍药以另一种面貌进入千家万户，大人们很是欢喜，相互品论着谁家的芍药丰收，谁家的芍药长相不好。我也会在大人的指导下，小心翼翼地将芍药按大小分拣。成堆的芍药按大小整齐地码放在房子的最中央，散发着药香，接受人们目光的爱抚，却引不起我丝毫的兴趣。花和根的区别太大了，我喜欢花，大人却说，根才是有用的。

　　长大后，难得见到芍药花，却和芍药根打了好几次交道。考上大学，学费的一部分是卖芍药得来的；成家后，身体不舒服，芍药纾缓了我的痛楚；工作后，向外地朋友介绍磐安，每次都要介绍"磐五味"之一的芍药。

　　这年5月，在云山再次见到了成片的芍药。虽说是雨天，但芍药花的香味仍旧如记忆中的一样浓郁。一路上，不时地有一垄又一垄的芍药花在公路两边欢笑。车子带我们到达一大片芍药地，我们走进了芍药花的雨天狂欢节。那盛开的，花瓣尽落，花蕊被雨打得龇牙咧嘴，和着雨水在灿烂地微笑；那半开的，被雨浇得扭身侧脸，却努力地护着娇嫩的花蕊；那未开的，仍亭亭玉立，亮晶晶地炫耀着未知的美丽。雨萧风斜中，许多花秆承受不住饱含着雨水的芍药花，温柔地低下了头，平添了几分娇羞。那些随风飘零的花瓣，艳艳地泡在雨水中，安静地等待着融入春泥，重新拥抱大地。

　　雨中赏芍药，少了蜂蝶的喧闹，多了沉静的思考。芍药花的锦绣繁华、雍容妩媚即便在雨中也不减丝毫，这是造化的恩赐。但花期太短，美丽不长，似乎又是冥冥中的公平安排。那些红绿相杂的叶子，似乎从未与美丽搭上边儿，此刻却在雨打风吹中生机勃勃，风骨尽显。片片叶子昂扬朝天，成簇成簇地并肩而立，风一吹，便整齐地忽左忽右，翩翩起舞，洗却满身尘埃，透出圣洁的光彩。根是看不见的，却是最睿智的、最深情的。正因为有了它，芍药才有了济世情怀，芍药才成其为芍药。它避开尘世繁华，隐身泥土，在寂寞中坚守，在黑暗中成长，在奉献中伟大。

　　同行的老者学识渊博，阅历丰富，深深感叹说："人啊，能说会道，耳聪目明，却经常会在生活中迷失方向。芍药花这些自然之物，没有耳目，混沌于自然中，却清楚自己的使命，任人褒贬，没有委屈，没有矜夸，只有淡定地践行。"我由衷地赞叹："老师您才不虚此行，有了触动，便是赏到了真正的风景。"

撑着伞，尽情地呼吸着童年幸福的香味，我周身的毛孔舒张，满身都是归属感。

# 云山银杏

## 罗锦建

　　到云山时，已是小雪过后，大家却说今年的冬来得迟，甚至秋也不曾凉透，没想到银杏已应季节之约，仿佛一夜金黄，在远近各处的小山上旗帜般招摇了。老实说，我从未见过这么多银杏，高高低低，层层叠叠，在山中铺排开来。它是不能以株来计算的，看那成片成片的姿势和一山占过一山的势头，以及不避阴阳、不择厚薄的姿态，怕是数也数不过来。

　　到底是金风绣锦衫的时节，绕过村中小路，几株银杏早已在路旁灿若黄金，在石铺的台阶上撒下深深浅浅的叶子，一层一层，铺陈得像厚厚的地毯，显出几分隆重的味道。不禁想，银杏这东西，像是知晓人的心理，你还没亲近它，它已用一种厚重的礼节来迎你，让人顿感亲切；或许它又懂一点美学，轻轻松松就能驾驭美，将朴素与优雅、华丽与庄重演绎得如此生动又恰到好处。我忍不住回头，一看再看，心里又生出几分敬意。

　　我们循着小路上山，银杏就散在四周了，无论站在什么地方，面朝哪个角度，它们始终在眼前。看看这里也有，看看那里也是，

**金色云山**（孔黎明 摄）

高高低低，错落有致，就这样不急不慢地生长着，不管庄稼怎样一茬一茬地换，它始终在自己应在的位置。我忍不住走近一株银杏，在它面前站定，痴痴地望着，忘了拍照，忘了树下那些人在镜头前摆出什么样的姿势，只是微微感到，在银杏面前似乎有些搔首弄姿的味道。这是株高大繁茂的银杏，它的根深深地扎进土壤里，即使俯下身去也看不到它的脉络，不知道它曾经如何努力地生长。被侍弄过的庄稼地是一垄一垄的，大概出过萝卜或者青菜，此刻正埋着贝母这样珍贵的药材；也有的是收过玉米的，留下了一截短短的早已枯黄了的玉米秆，以一种少有的倔强的姿势仰望银杏，像烈士，有一种动人心魄的美。

　　一片片的庄稼地阶梯式地向上走，有时转个弯，绕到另一边去了，有时缓一缓，像地里的庄稼，不急，不慢，该什么时候出场就什么时候出场。我就想，在这样的地方生长起来的银杏该是有灵性的。它知道如何找准自己的位置，也知道怎样厚待陪着它一起生长的庄稼，它甚至知道如何在荒地里带给你更多感官上的愉悦。即使是落幕，也像失了枝叶的最后一节玉米秆一样，用最后的坚持仰望银杏的美。这样的美你无法拒绝，就像你无法拒绝一个高贵的灵魂，无法拒绝灵魂之外那股似有若无的气场。气场这东西很玄妙，它是要有时间和阅历的积淀的，就像银杏，即使春来姹紫嫣红，它的那一身绿衫毫不显眼，但它依然平静而执着地走过他人的春天，直到一阵秋风又一阵秋风，才像凡·高的油画般抽象而浓烈起来。

　　如果你走进云山，就会明白，银杏就像民国时期那些高贵的女子，眉眼之间既有大家闺秀的神韵，又有与世无争的淡然。这样的美有一种说不出的气韵，渗透进你的心。它肆无忌惮地染了颜色，心无旁骛地披了炫彩，竭尽全力地怒放着生命。它的每一条叶脉都像河流一样迫切地奔向前方，每一寸叶片都在一阵冷似一阵的秋风里变了颜色。它是有性格的，像传说中的洛阳牡丹一样因被贬而繁盛起来。它的盛景是经历委顿后的绚烂，于是它的张扬里也有了灵魂的内敛，不招揽不媚俗不俯就，即使落幕，也像洛阳牡丹一样，整朵整朵地坠落，留给人最后一次惊心动魄的体会。

　　一棵树住进心里要多久，或许终其一生也走不进那颗心，又或许只轻轻一瞥，从此便不曾离开。

　　譬如，云山银杏。

# 树语者

郑锦霞

我是因为村头的那两棵古树而喜欢上白云山这个小村庄的。

2013年深秋，义乌的杨总慕名而来，要去看白云山的银杏，我应邀陪同。一路飞驰，公路两边时不时地有银杏叶子明艳的黄色身影闪烁而过。车到村口，两旁山中银杏树越发成片，车上众人欢呼奔向那抹明快的黄色中，我却被村头的那一棵古樟树和一棵银杏树牵住了目光。

这棵樟树不高，但它的枝干粗壮，而且伸向四面八方，伸得远远的。缠缠绕绕把路另一边的银杏树的几枝枝干拢在它绿色的怀里，宛如一位温婉的女人安抚着劳累的爱人。樟树稠密的树叶绿得发亮，掉了叶的银杏枝干有些耀眼，枝头上未凋落的黄叶好似只只蝴蝶飘忽在绿色中，煞是好看。

沿着古老的鹅卵石路来到大树底下，我更震惊：银杏树是长在路边的石缝里的。这样的伞状撑天树冠，有着怎样的坚韧，才能历经两百多年风，饮尽两百多年雨，依然能在历尽沧桑后溢出几分不露痕迹的傲气，隐匿于深山小村？答案也许在对面的古樟树上。

这棵老态龙钟的古樟树盘踞在鹅卵石路的左边，树干有五人合抱左右粗壮，枝干参天向上。我看了一下，在大概四五米高处，枝干就尽力地伸向路的右边了，郁郁葱葱的叶子青翠欲滴，似乎在尽力伸出手遮护着什么，树下就自然成了一个浓厚的绿荫。我不由得想起《诗经·邶风·击鼓》里的诗句："死生契阔，与子成说。执子之手，与子偕老。"银杏树能在如此贫瘠的石缝里长大，原因也许就是这个吧。

我手抚着古樟树的躯干，惊叹着大自然和时间的神奇，这时，树干上的几条红布条引起了我的好奇，于是问在树底木条长凳上闲坐的古稀老人。她告诉我，这棵古樟是方圆百里最老的樟树，有过四次被雷电击中又慢慢复原的历史，所以，附近有很多生病的人来认"樟树娘"以求她庇护康复。这些布条就是来祈福的人挂上去的，特别是到重阳节的时候，几乎所有的"子孙"都要来孝敬"樟树娘"：有的挂上自己精心包的粽子，有的挂上时鲜水果，有的挂上红绸，有的还要供奉香花。村里儿女双全、家庭和睦的福气老人会把这些供品拿下来，分给村里的老人吃，意寓病灾四散全无。古朴的民风民俗又一次感动了我，我也虔诚合十面向大树，祈祷国泰民安，风调雨顺，百姓安居乐业。

石缝求生，不卑不亢，银杏树用无声的语言告诉我，在这个纷繁复杂的社会里，生活是需要磨砺和坚守的，唯有如此，我们才能走得更远！

# 爱可以有不同的颜色

马丽萍

秋霜过后，云山旅游度假区的银杏就变得金黄了，我和朋友两家人决定带孩子去看看，让孩子接触接触大自然。一路上，朋友的女儿一直一声不吭，脸上似乎有泪痕。我们感到很奇怪，但又不好询问。儿子倒是一路上很活泼，话讲个不停，似乎有意在逗小姐姐。突然，小姑娘开口了："爸爸妈妈不爱我。""为什么？"儿子瞪圆了本就很大的眼睛，惊奇地问。"他们不肯给我买冰激凌。"我明白了，应该是小姑娘想吃冰激凌而没吃上，在闹别扭呢。儿子毕竟年纪还小，不知道该怎么安慰，说了一句"我妈妈说，大太阳的时候才可以吃冰激凌"后，也慢慢地安静了下来。今天是有太阳，但是太阳算不算是大的，不确定。

到了目的地，满树的黄叶在微风中轻轻舞动，曼妙多姿；地上铺了一层薄薄的黄叶子，和着黄绿相间的杂草，别有一番野趣。我教育者的本性难改，诱导儿子背诵宋词"碧云天，黄叶地……"儿子不耐烦地应付了我的宋词后，就一脸认真地低头在地上找黄叶子，捡了两片颜色纯黄的，径直走到坐在一旁的小姑娘面前说："姐

爱上云山（孔双燕 摄）

姐，送给你，我爱你。"小姑娘伸出胖乎乎的手接了过去，郑重地放入口袋，偷偷地瞄了我们一眼，我们装作没看见，她就和儿子一起去捡叶子、抓虫子了。不一会儿，就传来了欢声笑语。

朋友走过来感激地说："你儿子真有办法。我早上讲了很多道理，她就是不听，只好冷处理，不理她，没想到，她会有我们不爱她的想法。"我若有所思，心想，我们大人常自诩为教育者，但是很多时候，只是逞口舌之快，没有对症下药，根本就是无效的。因为孩子没有接受。

那边又传来了孩子的声音。"爱是红色的，是爱心形的。"小姑娘显然全盘接受了幼儿园老师的教育。"不对，爱是多种颜色的，我给你的黄色就是，爱也不一定是爱心形的，叶子的形状也是。姐姐，我真的很喜欢跟你玩。"儿子似乎在为自己的行为找理由，拉着小姑娘的手在撒娇。一会儿，两个小家伙又蹲下来扒拉在地上发现的新东西了。

孩子的话最淳朴，却饱含哲理，让我和朋友坐在银杏树旁沉默了许久。

孩子们玩累了，就跌跌撞撞地跑向我们，儿子说："妈妈，这里我还要再来玩，太好玩了。"小姑娘也一头扑到妈妈怀里，开心地说："我也还要来，和弟弟一起来。" 小姑娘已经完全忘记了出发时的不愉快。我们及时拿出零食和开水给孩子们补充能量，顺便一唱一和地予以银杏的科学知识普及。

"啊，银杏在恐龙时代就有了?!"儿子又惊奇又赞叹。

"那它为什么到现在还没死啊?"小姑娘问。

"因为它能接受不同的爱。"我说。

"是的，春天，春风春雨滋养了它，让它成长，它很喜欢。秋天，秋风秋霜冻黄了它，它也很喜欢。所以，它就长得很强壮，可以活得很长久。"

"永远吗?"小姑娘将信将疑。

"当然!只要它能适应各种爱。"我肯定地回答。

"而且它还有很多用处，它还爱着别人，帮助别人呢。"朋友继续童话式地教育，顺便把银杏的功效也普及了。

小姑娘似乎有所触动，说："妈妈，早上我不应该要吃冰激凌。对不起。"朋友捧起她的小脑袋，在她额头上亲了一口说："妈妈爱你，宝贝!"

# 紫溪笛声

## 罗锦建

　　午后我去散步，阳光和煦温暖，但风很大，路旁的迎春花枝沿着墙沿凌乱地摇动，和着旁边的树叶发出"沙沙沙"的清响。可惜这里的迎春花还没有开，像贪睡的人儿，未被春风唤醒。

　　我散步，通常选风景优美而人迹罕至的路径，那样的地方可以和灵魂贴得更近，当然风景美不美倒在其次。我一直觉得，只要灵魂安宁，一朵花、一棵树、一株草都有无限的柔情。和往常一样，从办公室出来，经过荷塘，我向寺后公园走，去觅一份难得的清净与安宁，还有心中那份孤独的清欢。

　　不记得我曾多少次走过这里，在这里闲坐、拍照，看紫溪上吹来的风，也听阳光破碎的声音，还有河水清扬的曲调。这一次，我刚走过长桥，双脚踩在凸起的铺路石上，便隐约听到断断续续的笛声。河水以倒人字形的姿态从我耳畔流过，使我辨不清笛声的来处，隐隐地有种"空山不见人，但闻人语响"的况味。笛声时断时续，并不悠扬，甚至连流畅也谈不上，一个乐句总被吹得七零八落，像掉落在风里的柳絮。

**云山紫溪畔**（陈彬　摄）

　　长长的河廊没有行人，河岸对面的房屋里也望不见人影，于是我跨上公园茶亭画馆的台阶，穿过凉亭，在梅花树掩映下的回廊里漫步。转角的朱砂梅依然开得热烈，远远地让人误以为是桃花。缓缓地，笛声更近了，依然断断续续，听起来一口气只能吹动三两个音符，我始终没能听清吹的是什么曲子。我确定笛声就在附近，因为再没有其他曲径通幽的地方，可以让人寻寻觅觅。

　　想起多年前，我也曾有过一支横笛，F大调，可惜在几次搬家中不慎遗失了。二十多年过去，我依然记得它的模样，记得手执横笛时如翠竹般的清雅气息，记得常常吹的那支曲子和吹奏颤音带来的快感。三年前，在江西篁岭，我跟随摄影团去采风，微雨中也是一曲笛音俘获了我的心。从某种程度上说，因为飘荡在篁岭上空的那支《牧羊曲》，至今我都把自己的一部分留在了篁岭。

　　笛声总是给人无限遐想，不管那声音成不成曲调，悠扬不悠扬，只听着就让人心旷神怡，仿佛灵魂里飞出一只小鸟，在林间歌唱。

转过曲廊，果然看见一个侧影。大约因见有人来，他把笛子从唇边移开，双肘支在膝盖上，只静静地坐着，既不抬头，也不转身。我没有打招呼，也没有从他身旁经过，默默地走远。我想，对于一个不再年轻又有些腼腆的男人来说，不打扰或许就是最好的尊重。不一会儿，笛声又一次响起。我停下，再听，听了几次，终于在记忆里搜索到那支熟悉的曲子——《对花》。

母亲说，年少时在台上，我一个人能把《对花》《女驸马》《天仙配》演奏得有模有样，还赢得过不少笑声和掌声。而今，走过几十个春秋，那样的时光当然已是一去不复返。但人生处处是舞台，譬如那个不再年轻的男子，他把自己沉浸在音乐里，在这个极静的公园一角搭起一方小小的舞台，无他，只为了在俗世里快乐地活着，离灵魂更近一点。

而我，在这样的午后，静静地站在河边，想起那支失落的横笛和记忆里不曾消散的笛声，我觉得有一种东西，仿佛正以另外一种方式归来。他告诉我，我们都是尘世的戏子，喜欢也好，不喜欢也罢，记得让笛声飞进来。

# 精美的石头想唱歌[①]

## ——寻找新生机的磐安县安文街道石头村

### 吴警兵　卢伟星

年丰便觉村居好。在磐安，有个名叫"石头"的村庄，静静地坐落在幽深的山谷里。

"绿树村边合，青山郭外斜"，仿佛为她而写在这里，每一块石头都有故事，都有色彩。

她，就是散落于大盘山麓深情的诗句，就是白云山怀抱里温暖的田园牧歌——

"寒山转苍翠，秋水日潺湲。倚杖柴门外，临风听暮蝉。"这种田园牧歌式的冬日景致，离现代人的生活越来越远。但在磐安县城附近的白云山麓，有一个名叫"石头"的村庄，就像诗中所写的一样，她给我们摹绘出一幅优美、恬静、闲适、温暖、趣味丛生的乡村风景。

---

① 原载于《浙江日报》2013年12月10日，第20版。

石头村晨曦（傅天明　摄）

　　安文街道石头村坐落于四面环山的一个山间谷地，四周重峦叠嶂，景色优美，有"只在此山中，云深不知处"的意境，是个天然的避世隐居之地。村庄四周树林茂密，栽培有百亩银杏林，有20多株树龄已有500多年的水口树，特别是红豆杉，是该村的"镇村之宝"。历史上，这里出产的特色水果"牛心柿"个大味甜，曾是闻名遐迩的贡品。

　　石头村有浓厚的耕读传家文化，多出文人和贵人。据统计，全村246户700多人，在外任职的人员就达100多人，占全村总人口的 15%。村中尚保存数座古建筑，显示石头村古时的兴盛。

## 白云生处有人家

石头村是个依山而建的小村庄，这座山就是有着美丽传奇的白云山。千百年来，人山相依，白云山就是石头村人生产生活的家园，是石头村的根基和精神寄托。

白云山海拔 742 米，峰顶建有黄七公（黄大仙）殿，还留有东晋道士葛洪炼丹的遗迹，以及许多螺蛳化石。"三圈壁峋奇岩石，弥雾笼罩白云顶。"是古人对白云山的赞美，而今天的白云山，林木郁郁葱葱，奇花异草遍地，特别是满山坡银杏的金黄，景色十分醉人。

在白云山主峰，我们可以看到三圈飞来石，像士兵矗立着，一层一层，把主峰围将起来，煞是壮观。有关这些石头，还有许多传说。

相传，盘古开天地时，白云山一带是个大湖，水中的螺蛳和水生物很多。有一年，湖中突然钻出一块山，且有点奇怪，它日长一尺，夜高一丈，比泰山还高。这事被土地神知道后，马上告诉了玉皇大帝。玉皇大帝一听慌了神，急忙召集天上神仙商议。

玉皇大帝说："这山，再让它长，和天空都会接着，凡人会顺着山爬到天上来，那我们以后就没清静日子过了。"玉皇大帝便命太白金星一定要解决此事。太白金星想了三天三夜，想出了用镇妖圈来镇此山的办法。一天，太白金星站在云上将一个宝圈扔了下来，稳稳地套住了妖山。

过了一个月，太白金星又来此一看，发现上次只套住了一半妖气，半面的山还在长高。他马上回天庭拿来镇妖圈，"呼呼"连着扔下两个镇妖圈，才将妖山镇住。后来，三个圈变成了三圈石头，从此，这一带蓝天白云，风光旖旎，人们就把这座山称为白云山。

## 红豆杉木作图腾

石头村是一个以朱姓聚居的村落，朱姓文化在这里得到了很好的体现和传承。据史料记载，朱祖是东夷伏羲部落联盟中的一个部落，是商王朝的后裔。元代中期，石头村祖先反抗元朝官府的残酷压迫，从台州黄岩避世隐居于现居地，并从附近村落购买山林、旱地和水田，繁衍生息，至今已有700多年的历史。

采访中了解到，该村水口树中的红豆杉与朱这个姓氏有着很深的历史文化渊源，因为，朱姓是以红豆杉为图腾的姓氏。

据传，上古时代，伏羲部落联盟中有支部落，他们对生活环境中的赤心木（即红豆杉）产生了神秘而深厚的特殊情感，便把赤心木称为"朱木"，并把它当作本部落的神来崇拜，认为自己是神圣朱木的后裔，并把自己称为"朱"氏族，于是古老的朱氏氏族便形成了。

随着历史的变迁，石头村的朱氏祖先仍崇拜赤心木（红豆杉），迁徙至石头村后在村口栽种了红豆杉，祈祷朱氏之神保佑石头村朱氏家族平安、兴旺。

## 银杏林里藏生机

深秋过后，石头村后白云山上的2600多亩银杏林，树叶已

**石头村古树群**（孔黎明 摄）

全部转青为黄。冬日阳光下，呈现出它一年中最美的色彩。

银杏是一种孑遗植物，有"植物界的大熊猫"和"活化石"的美誉。在这里，还生长着一株已有500多年的古银杏树，高达50多米，需两人才能合抱。金黄的世界里，延续着童话般的梦想，这里成了乡村游爱好者的天堂。

石头村还根据村庄一年四季的景色变化，设置了春夏秋冬摄影主题计划，举办了磐安县首个村一级的摄影比赛，吸引了大批县内外摄影爱好者来此旅游拍摄。在该村，春拍桃花烂漫，夏拍梨满枝头，秋拍红豆红柿、红枫银杏竞艳，冬拍云雾雪景。四季随手可拍古村风情，可谓时移景异，妙趣横生。

在磐安县大力发展休闲养生旅游的热潮中，石头村也以优良的生态环境和人文资源加入了全县 24 个旅游特色村的队伍，努力成为全县乡村旅游发展的排头兵。

早在 2009 年，石头村就开展了乡村度假休闲旅游规划，提出了全村旅游开发的定位、构想、思路和实施步骤、举措。党支书朱拥军说，该村下一步将恢复村口的百草园，让它重现历史上曾有过的风采；做好村道两侧环境的整洁、美化和乡村风情展示等；在现有十多户的基础上，继续改造部分民房为仿古建筑，提升乡村旅游接待功能。

"吸引更多人来村里休闲度假旅游，带领更多村民过上小康生活。"朱拥军说。

丙编

# 温泉赋

极目村西翠水流，一泓清可涨春秋。
黄花老去飘红叶，绿树浓时泛白鸥。
欲访桃源迷野渡，为怜月色上渔舟。
门前咫尺通银汉，直欲乘槎问斗牛。

——〔清〕马式模《翠水》

# 每个女人的身体里都有一个温泉

杨 方

　　早先，天地间有许多神，大盘山下的人种植谷物不是为了填饱肚子，而是为了酿酒喝醉。一个人死了，人们把他和萝卜一起种到泥土里，等春天再重新长出来。女人美不美丽，不是看脸蛋和腰肢，而是看她的身体里有没有温泉。男人都是《诗经》里的抒情主义者，他们最爱说的一句话是："如果你不爱女人，你就不知道这个世界有多美。"

　　大盘山的男人比较聪慧，他们很早就知道女人的身体里有个温泉。住在地球上其他地方的人是后来才知道的。比如诗人伊，比如散文家潘、评论者高。他们是来了大盘山之后才知道这个美好的道理的。在此之前，许多人和他们一样，只知道注水肉里有水分。众所周知，注水肉里的水是冰冷的，不再灵动，没有生命，是死肉里的死水。女人身体里的水是活水，就像大盘山涌动的温泉水一样，是有温度的，此温度为 36—37℃，温婉，温润，温和，温厚，温情，温馨。

大盘山温泉山庄（郭丽泉 摄）

　　我来到大盘山，看见大盘山的第一眼就知道它是一座女性的山，其状如女人凹凸有致不说，其上草木葳蕤，也如女人的秀发般飘逸。而它体内温泉水散发出的独特气息，足以让人误以为自己回到了母腹之中。它不像永康的方岩，看上去四四方方，毫无阴柔之感，也不像温州的雁荡山，肩宽背阔，充满力量。这些山一眼看去就知道是雄性的。天山应该是一座女性的山，山顶的天池，如女人额前佩戴了颗巨大的蓝色宝石。但天池的水是冰冷的，这使得天山犹如一个阴冷的老女人，一年四季白雪苍茫，没有大盘山的明媚与温婉。火焰山也应该是一座女性的山，但它充满了仇恨和愤怒，体内的水因此而干涸。珠穆朗玛是一座女神一样高冷的山，它的高需要仰望，它的冷从眼神中传递出来，看一眼就会让人瞬间结冰。骊山是女性的山，金华的九峰山也是。它们的体内和大盘山一样，都有一泓温度适宜的温泉。

有温泉的山自然有别于没有温泉的山，它会散发出一种让人着迷的气息。这是一个女人或母亲一样的气息。

大盘山的温泉应该始于人类之前。世界新生伊始，火山喷发，岩浆流动，之后，一切沉寂下来。那时候大盘山还没有来得及长出草木，当太阳初升之际，这块巨大的石头呈现为红色，日日荒芜在那里，身体里的水与大地深处相连。这些水带着地球深处的温度从缝隙里涌出来，就好像母亲的羊水，注满了大地上的凹处。很多年后，有人来到水中洗菜洗衣，发现水是温热的，冬天水面也是热气缭绕，苇草鲜美，怀疑此处是仙女洗澡的地方。于是建起了大盘山温泉，也想学仙女洗澡。

我就是那个想学仙女洗澡的人。我来到大盘山，目的明确，带了泳衣而来。不同的是仙女自天上来，带着不属于尘世的气息。而我来自尘埃漂浮的人世，我有太多的疲惫和死去的细胞，需要在此借温泉的水来清除。

我来的时候，这座占地300余亩的大盘山温泉山庄还没有按规划的蓝图完全建好，巨大的吊车和挖掘机像个机械人一样忙碌着。从我站的露台上，可以看见西边一幢幢带花园小温泉的别墅正在修建中，而东边已经开放的部分，巨大的温泉泳池像一块蓝田玉在阳光下闪着温润的光泽，旁边儿童戏水的区域，尖顶的小房子，蘑菇形的伞，旋转的滑滑梯，像北欧的童话城堡。森林休闲区中成片肥绿的芭蕉叶让人误以为身在海岛。而原汤温泉区的假山层层叠叠，暗红色的山石看上去像沉默的火山岩，其上白鹤引颈展翅，草木寥落，恍若一幅回到古代山林的画面。假山周围有许多小汤池散布花间，草棚下，树下，云朵下，天空下。这些椭圆形的大大小小的汤池，在下午阳光的照耀下光滑闪亮宛如史前巨蛋。

这样的温泉设计，让人身在文明却感觉自己穿越了时间和空间，回到了亘古时期的缓慢中去。人们总是相信，命运所指什么，事实就会发展成什么。温泉的意义，在于它的充实、缓慢、宁静、安详和知足。我们处在高铁、飞机、网络的快节奏中，每日被看不见的什么紧追着，累得气喘吁吁，却找不到可以停下来的理由。

在温泉水中，这些困扰我的烦恼全然消失。温泉水使我周身温热。我感觉自己有许多温热的话要说。我安静了，放松了，无牵无挂了。这样的时候，我甚至可以听见温泉涌动的声音自地壳的纵深处传来。这声音令我陷入虚妄的想象中，我的感觉愈来愈深地进入，像钻井的探头，能够穿透坚硬的岩石，在地幔和地核深处，与一股温热的泉水相遇。

我始终认为，每一个有温泉的地方，都有一个神灵存在。早先人们敬畏大地，他们不想和大地脱离开来，他们在露天中生活，赤身裸体地晒太阳，让风吹，让雨淋，让自己身体的颜色无限接近大自然，以免被虎豹等猎食动物发现。不像今天的我们，一旦脱下衣服暴露在大自然中，我们会发现自己的皮肤因为缺少阳光和雨淋，无比地苍白刺目。我们无法将自己隐入大自然中而不被发觉。我们只有制造出迷彩服，穿上这种衣服走在大自然中才会略感安全。至于沐浴，有了淋浴器之后，在小小的浴室中，我们忘记了水的感觉，忘记了人原本是会漂浮的。我们冲洗自己，就像洗刷一匹出汗的马，简单、粗暴。

只有来到温泉水中的时候，我们才唤醒了久远的记忆，温泉让人产生一种自我净化的欲望。这是一种从外表到内心的净化。

站在动感休闲区的旁边，我看见了鱼疗汤池。在四十多摄氏度的水温中，这些有虎斑纹路的小鱼居然能够活得好好的。都说温水煮青蛙，慢慢地，青蛙就死了。这些小鱼在温水里竟然煮不死，不知道它们有着怎样奇特的生理结构。在天山脚下的赛里木湖，我见过高白鲑鱼，一种冷水性鱼，生活在水温相对较低的水里。温泉鱼却刚好相反。土耳其的小鱼温泉中有许多小鱼，叫作淡红墨头鱼，俗称"亲亲鱼"。这是一种快乐的鱼，在温泉中充当美容师的角色，喜欢吸食人身上的"死皮"和毛孔排泄物。土耳其温泉因为鱼疗享誉世界，大盘山温泉也有引进。我因为是一个怕痒的人，不敢去尝试，但心生向往。

大盘山温泉与其他温泉的不同之处，不在鱼疗，而在它独特的中药汤池。

众所周知，磐安被称为江南药镇，有药香天下之称，盛产白术、元胡、芍药、石斛、灵芝、天麻等名贵药材。大盘山温泉度假村推出的药膳名传江南。茯苓猪肚汤、石斛银耳羹、杜仲煨猪腰、元胡煮鸡蛋、白果烧香菇、黄精焖肘子、覆盆子泥鳅等，这些菜肴药材与食材配伍，药汁与汤汁齐香，讲究的是"色、香、味、形、意、效"的完美统一。另外还有清凉解毒的树叶豆腐、看上去就清清凉凉的石斛汁饮料。可以说，来到大盘山温泉度假村，体内与体外两方面都得到了充分的安慰和满足。

在大盘山温泉，最吸引我的，自然是它的中药汤池。在几株月桂树下，我找到了行气元胡泉、滋阴玄参泉、益气白术泉、清热贝母泉和镇痛芍药泉五个汤药池。这些汤药池并非凭空而来，是有医书作为依据的。借着灯光，可以看见旁边有对这几个汤药池的介绍。

在进汤池前，我向开发温泉领头人陈国良打听，汤药池中的中药成分，是如何加入温泉水中的。他回答我说，是事先将其慢火熬制成浓浓的汤药，再加入池中。这样虽然麻烦，但中药成分充分发挥，效果强于用药粉直接混入温泉。

站在月桂树下，人未下池，已先闻到了浓浓的药香。

我最先体验的是行气元胡泉。元胡又名延胡索、玄胡，为罂粟科紫堇属多年生草本植物，与白术、芍药、贝母等并称"浙八味"，性温，味辛苦，入心、脾、肝、肺，李时珍在《本草纲目》中归纳元胡有"活血、利气、止痛、通小便"四大功效。将自己浸泡在元胡汤泉中，感觉身体里所有的疼痛都一一呈现，而后又一一消散。

我把几个汤药池都尝试了一番。浸泡在益气白术泉中，有如置身春天的草木芳泽之中，那氤氲的气息，仿佛让人远离了红尘喧嚣，身体在水中变得轻盈飘逸，脑中清幽而无念想。在滋阴玄参泉中，则是香气馥郁，感觉正独自在层林尽染的山林之中，一步一步走向一座落日中的古寺。置身于清热贝母泉，我莫名地想流泪。贝母有止咳化痰、清热散结之功效。我从小患有哮喘，和此药打交道多年，对它熟悉的气味，就像遇见了一位相识多年的老朋友。

我最喜欢的，是镇痛芍药泉。芍药，别名"别离草""花中丞相"，五月花开时异香满坡。我喜爱芍药的花朵，其花硕大，有牡丹之态却比牡丹懂得收敛。我也喜爱它的气味，更喜它的镇痛效果。我们在人世走一圈，哪个人身体里不是暗藏内伤。我们太需要在它的气息中安抚自己疼痛的灵魂了。而芍药香味娴静，它的止痛效果瞬间就能让我们安静下来，从此哪也不想去，只想在此消磨掉所有剩余的时间，一直到夜之将深，人之将老。

沉浸于芍药的气息中，我似乎看见了一个人一生的尽头，不过是在草木香气的缭绕中消遁于无形。

这一夜我遗憾不能听见张姐姐的歌声。这个女人有着温泉般的声音和紫苏般的气息。我尚记得，我们曾经浸泡在九峰山的温泉水中，她唱的一段婺剧，声音宛若温泉水般淳厚。我断定她的身体里有一个温泉在流淌。它通过她的声带溢满了未知的黑夜，将我包裹其中。那是另一种温暖和美。

我又想到月亮。这样的温泉之夜，没有张姐姐的婺剧是一种缺憾，没有月亮更是一种缺憾。算算日子，已经接近十五，而且是八月十五，没有道理看不见月亮，想来是被大盘山遮挡住了。大盘山就在那里，从汤池中一抬头即可看见它黑黝黝的耸着肩膀的优美轮廓。它遮挡住了东边大半个天空，我得换个角度才行。果然，试了几个汤池，终于在其中一个汤池中看见了月亮。月亮的光使大盘山看上去更加黝黑、神秘。

"山之高，月出小。月之小，何皎皎。"月光照在汤池边美好的月桂树上，陈丹燕在《捕梦之乡》中曾写过这样一句美妙的话："女子不想跟那追来的男人好，就地变成一棵月桂树。"此时，我认定所有的月桂树都是女子变的。她们在汤池里泡温泉，男人来了，她们就变成月桂树静止不动。男人走了，她们重新下到汤池里戏水。

我就是那个可以随时变成月桂树的人。

除了变成月桂树，四顾无人之时，我还会在汤池边练一练瑜伽。

我曾经练过一年的高温瑜伽。高温瑜伽的原理跟泡温泉有点相似，先使人身体热起来，经络通畅，这样的情况下练瑜伽，不会拉伤身体。我在温泉池边试着练了一下，果然，平时做起来比较困难的几个动作，在浸泡了温泉之后轻易就能完成。也许大盘山温泉可以试一试温泉瑜伽的开发。女人爱美，温泉与瑜伽，皆是可以让女人变得美丽起来的。

在我看来，天下所有的温泉，都是白居易写过的那个温泉。"温泉水滑洗凝脂"，大盘山水滑，是因为其中含氟、钙等化学元素和偏硅酸等矿物质。就算是皮糙肉厚的汉子出了温泉，也会变得肤如凝脂。我想在同来的某个人身上试一下手感，但等我想到时，他们已经穿好了衣服，像一只收好翅膀站起身来的蝗虫。他们经过温泉水洗涤后的眼睛，野果子般清透，即便在黑夜里，也能熠熠生辉。

返回的时候，我没有和大家一起走大门。我穿过一个又一个冒着热气的汤池，而后从一道铁丝栅栏的小缝中钻出，抄近路回到了所住的小别墅中。那道小缝，只有巴掌那么宽，钻出之后我惊异自己从温泉水中出来之后，竟然身轻如烟。

文字是虚构的，但大盘山的这个温泉之夜，绝非虚构。

这一夜我枕着大盘山地底的温泉水沉沉睡去，早晨醒来，天还没有完全亮，我知道我的温泉之旅还没有结束，此时是我最为期盼的时刻——在无人的清晨，在私密的露台上，我可以将自己完全解放开来，如原始人般滑落进露台的温泉池中。我要躺在这温热的水中，等待太阳出来。

慢慢地，天光亮起来，烟岚弥漫在大盘山间，看上去整座山仙气十足。在太阳升起之前，我还来得及想起新疆博尔塔拉蒙古自治州的温泉县。这个县处于天山山脉绵亘起伏的脚下，分布着众多的温泉，远远看去，山谷中云雾缭绕，让人以为有神灵居住。其实居住此地的是一些放马牧羊的蒙古人，他们脸色黑红，因为穿着羊皮大衣，身上散发着动物的味道。这些人一年里很少洗澡。有时候，他们看见马或者羊跑到温泉里浸泡着，他们也下到水里，和马和羊一起浸泡其间。他们喜欢穿着衣服进到水中，就像马和羊，是带着自己的皮毛进入温泉水中的。据说这样可以使皮毛里的小动物消失殆尽。

很多年前，温泉县的这些温泉还处于自然状态之中，还没有被开发，因为偏远，几乎从不曾被人打扰。偶然看见此情景的我，忍不住发出一声惊叫。我仿佛看见了一个天堂。

这个早晨的六点多钟，东边天空不知道什么时候出现了一片异样的红光，日出与预计的不同，无法描述。而后红光弥漫开来，厚重得仿佛凝滞的岩浆，正缓慢地从头顶滴落下来。我躺在温泉水中，惊讶地看着天空，仿佛自己回到了世界之初。那时候火山刚刚止息，大盘山上还没有来得及长出草木，只有温润的温泉水，从它的裂缝中流出，注满了大地的凹处。

# 大盘山温泉纪事

高阿大

## 水与火

　　水与火的碰撞其实是一桩挺惊险而刺激的事情，甚至有点"你死我亡"的感觉。水可以把火浇灭，火也可以让水蒸发。而相对于地底下那些炽热的岩浆，一般的火还真算不了什么！火山喷发时我们可以看到，大多数东西靠近岩浆，刹那间化作一缕青烟。很多贵重金属尚且不免，遑论我们这样的皮肉之躯！那么性质相差如此之大的两种物体，它们如果在地底下会如何共处呢？其实正像两个人一样，脾气相像的人在一起或许能和谐相处，但也可能庸碌一生，而脾气相反的人在一起，爆发冲突恐怕在所难免，但也正因为性格反差大，有互补的一面，有时也能互相成就。在地底下，那些含蓄而又能包容一切的水，可以抑制地球那颗因受大地与高山的重压而躁动不安的心。而勇猛刚烈、豪情万丈的地底之火又能给那些深藏在岩层中的水不尽的热情，让它们充满生命的能量。关于它们在地底下的故事其实还有很多，它们的身上还蒙着一层神秘的面纱！

俯瞰大盘山温泉山庄（潘中芳 摄）

## 大盘山

　　就大盘山来说，我还分外地嫉妒它独得大自然的钟情。这里钟灵毓秀，人杰地灵！即使是他处也有的奇峰怪石，在这里也一定要长得和人家的不一样，如百杖潭满溪的巨石，如花溪平铺长达上千米的石板，如十八涡的那些大大小小的圆洞，都是在其他

103

地方很难找到的，可以让人琢磨良久，浮想联翩。这里的花草树木也一样，比如就树来说吧，其他地方的树或受地势所迫，或受纬度影响，长得多少有些矫揉造作，而大盘山的树无一例外都是舒展坦荡的。这里满山遍野都是丰厚的土层，它们散漫自由、无拘无束，爱在哪里扎根就在哪里扎根，想往哪个方向长就往哪个方向长。大盘山最有特点的还在于它的花花草草。这里的花花草草可不是普通的花花草草，几乎每一种都有名堂，大都可以入药。除了大家说的有些滥了的"磐五味"——白术、元胡、玄参、白芍、贝母，我单爱一种叫七子花的植物，它的花序由七朵小花组成，远远望去就好像一把把撑开的小雨伞。它开花的时间长，经久不谢，喜欢生长在大盘山溪谷边的阴湿环境中。据说在这里，它分布的数量有近千亩之多，是全国其他地方罕见的。

不过，这些只是大盘山外露的内容，相对于它在地表上暴露的东西而言，它在地底下隐藏的秘密更多！

## 云山乡

云山是五彩的。

五彩的云山是大盘山脉中最神奇的一块山！

就自然界的色彩变化来说，一年当中，这里的主基调当然是绿色，不仅云山是绿色的，整个磐安都是绿色的。在磐安，除了大盘山的绿色，还有另外一种颜色，就是天空的深蓝色。在大盘山上空的这片天，颜色明净艳丽得足以让其他地方所有的天都为之含羞。而且大盘山这里的蓝与绿，还都是有层次的蓝与绿。比如蓝，在一日之内，会随着风向的变化，云层的厚薄，呈现出由幽暗的普蓝到浅浅的湖蓝的变化。比如绿，在一年当中，会由草木初生时那种略带点嫩黄的浅绿，慢慢转化成万物成熟后黑黝黝的墨绿。除此之外，就是那些不时开放的五颜六色的山花在这个底子上的变化了，就像是美国画家波洛克画的一幅抽象画，底子是大面积的蓝与绿，上面滴满了他随意洒上去的颜料。不过波洛克的画和云山相比则又相形见绌了，波洛克的画长不过数丈罢了，而云山则是以天地为幕布，以群山为支架的。这是一张完全由大自然独立操刀完成的伟大的抽象作品。

云山不光是波洛克式的，也是蒙德里安式的。

蒙德里安是另一位世界上著名的抽象画家，荷兰人。蒙德里安的画风和波洛克的任意挥洒不同，他的每一个色块都是经过准确的计算的。用什么样的黄色和红色相配，才能取得最璀璨夺目的效果？用多少个错置的小色块才能和一个大正方形取得均衡？这个画家最喜欢用直尺与三角板在画布上量过来量过去，最后求得一个最满意的方案。在大盘山中的云山，也有这样一群人。成百上千亩的银杏林，油菜、菊花、芍药等各种花海，都是他们精确计算的结果。一到春秋佳日，这里就成了花的海洋，金黄、紫红、粉色，各种颜色交融汇合，成了附近三百里之内最美丽的风景，吸引着十里八乡的男女老少。而到最后，这些看风景的人也成了这片美丽风景的一个重要组成部分。

## 上马石

上马石是原云山乡（今云山社区）的一个自然村。一听这村名，就感觉是一个能成事的地方。

　　上马石这个地方能打出温泉，不是一点征兆都没有的。和上马石相连的村子叫中田，据在中田的大盘山山庄老总陈国良回忆，早在他们幼小的时候，有时在田地里干活就可以看到附近的溪滩或者田中会有白白的水汽冒出，可是等到赶过去的时候，又不一定能找到它的所在，有些虚无缥缈的。这样的现象若写到古书里去可以变成五色的祥云。用前人的话说，上马石与中田所在的云山社区这一块地方真是万年的吉壤，它的地底下不知蕴藏着多少宝贝。

　　不过，世界上自动外溢的温泉毕竟少之又少，有许多发现势必要借助我们现在发达的科技手段。而按照我们现在的科技手段寻找地热资源本不是难题，但一口井打下去，是不是能打在这一段出水量最大的点上，却是谁也不敢保证的事情。这样上千米的深井，每钻一口的成本约500万元。投资温泉其实是一件非常冒险的事情，曾经有企业就因为连打数口井不见水而一夜之间破产的。不知是不是受那五色祥云的庇佑，在浙江省地质调查院的专家指导下，大盘山温泉的第一口井打下去，水就喷薄而出了。所有的人都出了长长的一口气。

　　如今的大盘山酒店终于建起了一个占地面积达300余亩的温泉区。经相关部门检测，这里的"火山温泉"泉水日均出水量、出水温度、水质等均符合命名标准。它富含多种微量元素，矿物质含量丰富，有舒筋活络、强身健体、润肤养颜、安神定神等作用。同时，它的水质好，原水取自地下基岩深处，洁净无污染。这是上天赐给大盘山的一座宝藏。

## 沐与浴

关于沐浴这件事情，在中国古代从来都是很隆重的。屈原曾经在《九歌·云中君》中说，诗里的主人在一场盛大的典礼前"浴兰汤兮沐芳，华采衣兮若英。灵连蜷兮既留，烂昭昭兮未央"。那个沐浴的场面一定非常壮观，五光十色的澡塘子里充满各种花瓣与香料的香味与芬芳。不过古代的科技毕竟不发达，对自然资源的开发与利用有限。即使如杨贵妃那样的"春寒赐浴华清池，温泉水滑洗凝脂"，也不过就是简单的浸泡而已，哪有我们现在可以运用的科技手段多？

被誉为"人间仙泉"的大盘山温泉，共有六大功能区：室内水疗区、休闲动感区、美容养颜区、原汤温泉区、中药养生区、森林休闲区，是人们洗涤尘凡，放舒身心的好地方。在这里，你不仅可以感受到原汤温泉的亲切、温暖，也可以体验加了中药后的温泉的奇特与异香。这里的池子大部分设置在一片高坡之上，高低错落，有大有小。既有适合一家大小共浴的家庭式池子，也有适合朋友或者业务上的伙伴对谈的社交式池子；既有位于喷泉之下人气旺盛的公众区，也有位于后面少有人打扰的环境优雅的私密区。此外还有可供儿童戏水的亲子互动水屋和让年轻人一展矫健身姿的游泳池。平常因工作劳累而腰酸腿疼的人们，可以在这里的室内水疗区展开按摩疗养。那些从各种喷管里面喷发出来的水流动力强劲而又温和，浑身上下无一处不被拍打得舒坦。而各个年龄段的美女则适合在这里的美容养颜区入浴。这里有沉鱼泉、落雁泉、闭月泉、羞花泉、醉仙汤之设，你尽可以每一道大汤都享受一遍。中药养生区特别适合中老年人，那些加入了白术、元胡、芍药、贝母、玄参等道地中药材药液的泉水，能帮人调理阴阳，扶元正本。另外，在这一区域还有一间特设的石板浴房，特别适合有腰腿伤旧疾的人来体验，那些平常触碰上去冷冰冰的大理石板，在热气的作用下暖烘烘的，躺上去感觉生命的能量又得到了补充。

在池与池之间的空地上，还设置了很多的躺椅、茶座，如果你累了的话，可以在这里躺着和朋友说说话，或者盖着大毛巾，舒舒服服地补一个小觉。时间长，肚子饿了的话，在中途还可以去温泉区专用的餐厅用餐，那里的饭菜都经过专门的烹制，其中一些中药药膳，是这里特有的。

黄昏与入夜后，在这里与你相伴的还有一首首美妙的乐曲。它们久久地萦绕在整个温泉区的上空，会乘着昏黄的光线，透过树叶的间隙，散入各个池子的雾气里，给你的这趟行程增添许多旖旎的情调，仿佛有美女在你的耳边说着蜜意柔柔的情话。

屈原在《九歌》的另一首《湘夫人》中曾为这位神话中美丽的女子盖了一座漂亮的房屋。这座充满这位伟大的诗人许多奇思妙想的房屋，位于一条弯弯绕绕的河流中央。它的顶用荷叶覆盖而成，它的柱子用丹桂做成，它的房梁木料是辛夷，它的墙壁与地面在抹平时糊进了菖蒲与芳椒，它的房间里的罗帐用兰草与薜荔编织而成，这真是一个梦幻般的住所，吸引了很多人前来。"九嶷缤兮并迎，灵之来兮如云。"不过这样的房子在屈原那里是想象的，而在大盘山温泉这里却是真实的。若你自己亲身体验，可知我所言不虚！

# 温泉山庄一夜

张 乎

一

"你要是到石板屋去躺一下，肩和腰椎会舒服很多。"

对面的女孩一面擦着湿漉漉的头发，一面在房间里走来走去。她的皮肤白皙细腻，黑色的秀发垂至腰间，在温柔的淡黄色的灯光里，仿佛刚刚从波提切利的画中走出来。

时近中秋，天依然很热，白天强烈的阳光把人晒得晕乎乎的，在梓誉村到大盘山的路上，又碰上道路施工，在泥浆和碎石子路面上颠得七荤八素，到温泉山庄时，只剩下喘气的力气了。拿了房卡和门禁，车依然盘旋着往上走，抬头望去，半山腰上一幢幢深褐色玲珑可爱的小木屋隐在绿树丛中，道路左边，是一个曲尺形的大池子，池子中的温泉水泛着淡蓝色的荧光，像水天交接处最澄澈的海水。

傍晚的时候，温泉山庄的人多起来，想来都是想乘着夜色来泡温泉的。在花木的掩映下，或大或小的温泉池子冒着若有若

**大盘山温泉山庄夜景**（傅天明 摄）

无的雾气。有的池子很小，仅容两三个人，适合于情侣或一二好友的喁喁私语；有的又很大，一群小孩子在里面扑腾打闹——孩子们总是喜欢热闹的地方。不大不小的方形池子是为男人们设计的——各占一隅，既不太亲密也不离太远，像各占着桌子一角喝茶聊天，甚至可以抽抽烟。

一个服务员把我带到药泉。这里有五个池子，分别用元胡、白术、芍药、贝母、玄参这五种中药浸泡，这些都是大盘山的特有药材。五个中药泉各有侧重，其中玄参泉重在滋阴养肾，助睡眠，芍药泉对妇女通经去瘀有好处，贝母泉清热解毒，利于消肿，白术泉除湿益气，健脾胃……我看中的是玄参泉，人到中年之后，睡眠成了困扰人生的第一件大事，对睡眠的各种要求也越来越高，稍一变换或一有心事便神思难安，彻夜不眠。有一同事，外出旅游或出差必携全套寝具——被套、床单、枕头，一到宾馆，便全部换上，非嫌宾馆脏，实是用陌生的床品便会失眠。

玄参泉后面，便是可以热疗的石板浴室。在温泉里把身子泡软了，每个毛孔都懒洋洋的，然后裹上浴巾，躺到发热的石板上，让热气从大腿上、尾椎骨上，一路爬上来，像一条温热的蛇一样在血管里游动，在每个疼痛的穴位上咬一口。杨老师说，她最喜欢的还是这个石板浴，全身上下，皮肉筋骨，好像都被热流打通了。杨老师是专业作家，整天坐在电脑前码字，腰椎和颈椎是"硬伤"，推己及人，她强力推荐我去感受一下石板浴的"热疗"功效。

伊有喜因为晚餐多喝了几杯酒，只在房间内的小池子中匆匆泡了一会，酒劲加上温暖得让人放松警惕的温泉，泡在池子里时就差不多要睡着了，连拖带拉弄到床上，一会儿就鼾声震天。换过水后，我把自己全身都浸到池子里，让42℃的泉水亲密无间地包裹着，仿佛重新回到母亲的子宫。在生命的原液中，是不需要担负责任、不需为生计发愁的，没有案头上成堆的工作，没有必须来往的人情世故，不用还房贷，不用划算一日三餐，不用关心工资条。在泉水中，身体无限地放松、放松，让自己变成一截枯木头，一截没有思想、没有欲望的枯木头。但小小的水也有不容小觑的力量，它无声地托举着，不让我沉下去。水中有一个看不见的精灵，它让我的手自由张开，脚悬浮在水中，长发像黑绸缎一样散在水面上。我真有全身蜷成婴儿的冲动……像穿过时光隧道，回到前世的某个地方……可我今世的脑袋还好好地搁在池沿上，鼻子、耳朵和眼睛的功能还在，山脚下温泉池子中的撩水声都听得格外分明，夹杂着含混不清的低语。

# 二

我以为泡温泉最好的季节应是冬季，天上下着鹅毛大雪，四周的山林也是一片纯白，小河里结了冰，屋檐上挂着冰棱……只有温泉是热的，氤氲着浓浓的热气，白花花的像在云雾里。想起十多年前在长白山泡温泉，雪下得一尺多厚，雪窝里一脚踩下去便到膝盖，人在雪地上走，像少了半截腿的人在雪地上移动。在这样的冰天雪地里，竟然有一个露天温泉，池子不大，四五十平方米，换衣处紧挨着池子，以防天太冷感冒。脱了衣服走出来，一阵细风夹着雪花，不禁倒吸一口凉气。急忙跳进池子里，周身上下立刻暖洋洋的。仰头看，一朵朵硕大的雪花在空中盛开，白色小伞缓缓降落。伸出手，雪花无筋无骨酥软在手中，瞬间消失不见。在池中泡得热了，站起身，让雪花轻盈地下在头发上、肩膀上、眉毛上，感受那小小的针尖似的冰凉。池内和池外是两个世界，在白茫茫一片天地间，这一方小小的白雾缭绕的温泉，仿佛天上瑶池。

现在，全国各地真真假假的温泉越来越多，喜欢泡温泉的人也多起来。温泉能愈疾去病，清帝乾隆有一诗云：

> 炎液暄波能愈疾，曾闻泉脉出流黄。
> 化工神运不思议，功德应教证水王。

皇帝金口，他说温泉能治病，想来没人会反对。大盘山温泉山庄的负责人说，大盘山地区是火山熔岩地形，1500 米以下的地热层中富含钾、硫、锂等矿物质元素，在温泉中泡一泡，有祛病强身的功效。温泉另一个最吸引女孩子的好处便是美容，所以杨贵妃时不时去一趟华清池"温泉水滑洗凝脂"。当然杨贵妃的美貌并不都是温泉洗出来的，她是"天生丽质难自弃"，温泉只不过令她看起来更加娇柔动人而已。汤溪寺平村有一口娘娘井，井水一到冬天就变得暖暖的，说不定也是一眼温泉。相传，十三岁的乡村小妞戴银娘用这眼井的水洗过脸后，忽然变得格外漂亮了，眼睛变大变亮，元宝耳樱桃嘴，梨涡一旋，汉子们头重脚轻。我的表弟媳妇和银娘是同村人，年轻时也是个美人胚子，鹅蛋脸白皙如玉，一双狭长的凤目似一泓深潭，不知是不是也用这井水洗过脸的缘故。

## 三

说到温泉，我脑子里跳出了日本文学中诸多绮丽的画面。日本是一个多火山的国家，丰富的地热资源使它拥有"温泉王国"的美誉，日本人也是最爱洗温泉浴的，每年泡温泉的人数不胜数。但在古代，温泉并不普及，它只是皇室贵族用来休闲娱乐的场所。后来，佛教兴起，僧人们的身影也出现在温泉边。僧侣们生了病，便成群结队出发，到各地去寻找温泉。他们相信温泉是上天赐予的"神水"，不仅能清洁身体、带走病患，还能洗涤心灵、消除罪孽。一直到明治维新时期，温泉才渐渐成为普罗大众的消闲胜地。周末，北海道大大小小的温泉旅馆人满为患。人们扶老携幼，或一家出行，或三五朋友小聚，或恋人密约，前往山乡野外，在温泉中度过一个美好的假期，实在是一种人生享受。

日本电影《秋津温泉》和川端康成的《温泉旅馆》一样，同样是一场发生在温泉边的美丽爱情故事，又同样带有悲剧色彩，凄婉而令人迷醉。汤泉池边，玲珑小桥，细雨野径，美丽的新子小姐撑着油纸伞，粉颈和服，从开满樱花的小道上缓缓走来，然后在某个地方与男主角相遇。然而这样美好的事物往往会带有伤痛，萎靡不振的男主角周作给她带来了快乐，也带给她一次次绝望和希望交织的煎熬，以及由此变成的对人世的失望和恨意，在美丽的温泉边，人的生命在凋零。温泉是新子等待爱情的地方，她常常把自己浸泡在水汽氤氲的池子中，像一朵百合花静谧地打开自己的身体，洗净尘垢与伤痛，等一场纯洁如新生婴儿般的感情。温泉千年不变，永远是温暖的，像母亲的怀抱，而世界却是变的，人心也在变，永恒的自然之美慰藉不了人心的伤痛。

## 四

我从一场深入无边黑暗的梦境中醒来。在梦中，我的身体变得轻如羽毛，在一片黑暗的树林上空飘呀飘呀，头上是墨黑的天空，乌云像杂乱无章的烂稻草堆，乌泱泱连成一片，天地之间的狭缝在不断地缩小……我想让自己的身体沉下去，站在大地上，却怎么也做不到，双脚总是不听话地往上翘，身体像被抽光了所有的汁液一般透明单薄。在天地尽头，云层裂开了一个窄小的散发着明亮光晕的口子，有白而亮的光线从口子中射入，这个画面有点熟悉，感觉是哪部动画片的场景。但我却并不能像劫后余生的仙女一样飘向那个明亮的出口，我被沉闷的云层压着，有点难受。从梦中醒来，天还未大亮，打开阳台门走出去，外面是一个烟灰色的被迷雾笼罩的世界，只看得见天边绵延不断的黑影和隐隐约约的山脊线。山庄的两幢大楼像一高一矮两个比肩而立的巨人，悄然无声地注视着人间的一切。整个山湾里一片寂静，大大小小的村落、马路、牛羊、车子、昆虫、鸟雀……还未从沉睡中醒来，只有一丝丝清冷的秋风偶尔闪过，把银杏树叶吹得泠泠作响。从山上望下去，在一片冷色调中，只有路灯还透着些许温暖，像守护着婴儿的疲倦母亲。

温泉山庄所在的大盘山主峰海拔 1274 米，地处余姚到丽水一带的地壳断裂带上。一亿年前，这里经历了一次惊天动地的火山喷发，灼热的岩浆从地底下喷涌而出，沿山体流入溪流和谷地，之后，经过数年的冷却，火山岩浆变成一块块黑黝黝的山岩，大盘山周边的众多山峰及村民的房前屋后，随处可见这种表面平阔体积巨大的黑色岩体。大盘山脚下的花溪，俗称"十里平板溪"，整条溪平整如削，无浮土沙砾，仔细看，那平整的河床又似一层一层平铺上去的，像黏稠的液体在流动时忽然凝固。而周边诸多的景点——舞龙峡、十八涡、水下孔、灵江源、百杖潭，也像温泉山庄一样，美丽、清纯，有着原始而野性的美，藏在深闺中，现在却渐渐地露出了绚丽的容貌。

# 云山温泉

*杨　获*

一

　　磐安境域峰峦纵横罗列，有"群山之祖"之说。山间多清溪，如始丰溪、牛路溪、花溪、好溪、夹溪等等，或迟缓或奔放，蜿蜒穿行于幽林穷谷，发出的清音悠韵，或近或远，或高或低。其中在大盘山西麓的花溪，左右萦绕，一路迤逦北流入婺水。花溪在途经田里壁村时有一曼妙的身段，所谓千米平砥长溪，这天造地设的平坦光滑的河床为亿年前中生代火山喷发形成的层状流纹岩，因而流水经此，格外清莹而赏心。荒古时代的火山运动塑造了磐安山水清幽的品性，在千余米之高的大盘山顶，至今尚存由中心式火山喷涌而成的火山湖，在中国东南一带比较罕见。火山湖被郁郁松林幽藏着，湖边是植被丰茂的草甸，湖水深蓝而寂静，只映现着路过的白云，景象如一个亘古未醒的幽梦。

　　花溪在流经云山（古称白瀛山，有葛洪炼丹遗迹）时化名为樵溪，并在穿过数千米外的磐安县城安文时，又摇身变作文溪。

大盘山温泉山庄（吴利良　摄）

樵溪之畔有隔水相望的两个村庄——中田和上马石。上马石村西有一道浅浅的山谷，早年村民在山地里种些红薯、玉米、土豆等作物和白芍、元胡、玄参等中药材。大盘山区的药材种植历史悠久且负有盛名，明嘉靖《永康县志》记载："白瀼山，山顶平坦，广数亩，围三十里许，多种药材，其芍药最有名，价昂贵，故俗又呼白银山。"云山苍苍，药香缭缭，山民们日出而作，日落而息，直到近年，才洞悉了云山底下的秘密——温泉。而把这在深远的黑暗中潜行的温泉引出地面的，是中田村的村民陈国良。

## 二

年过五十的陈国良依然有一头浓密的黑发，他略显瘦削的身材显得精明强干，多年的走南闯北、备尝艰辛终使他成为山城的成功商人之一，但举手投足依然透露出山里人的耿直和爽气。从少年时代开始，他的内心始终激荡着创业的热情——就如一泓酝酿已久随时喷薄而出的温泉。确实，多年来他怀着一个温泉梦：他记起童年时冬日溪水的温热，他想起大盘山处于火山断裂带，应该蕴藏着丰富的温泉。建起宾馆后，他花了一年多时间勘探，一年多时间打井，终于在 2014 年 9 月于约 1500 米的地底打出了温泉，井底水温 64℃，井口水温 46℃。据相关部门检测，温泉中富含氟、铁、偏硅酸等成分，水质洁净、优良，日出水量达 500立方米。随后，池区打造、配套设施建设、景观绿化相继展开，历时 5 年，投资数亿元的大盘山温泉山庄终于神奇地矗立在世人面前。昔日荒寂的小山坳，如今一入夜便成了一座璀璨的水晶宫。山庄又别出心裁地活用云山丰富的药材资源，开发出 16 道药膳，如树叶豆腐、杜仲煨猪腰、黄精焖肘子等，并将汩汩而出的温泉变成别具一格的养生药泉。

## 三

大盘山温泉山庄紧贴云山路，温泉池区位于客房后面的山坞中，深藏若虚。拾级而上，穿过温泉文化长廊，是高敞的室内浴池，水声潺潺，手指般长的热带鱼在清澈的池水中结群悠游。室外浴池星罗棋布于屋后的坡地上，高低错落，形状不一，浴池或宽或窄，或圆或方，被树篱环绕着，环境清幽可人，起伏的曲径蜿蜒其中。景观瀑布从叠石假山流泻而下，腾起薄雾，闪着迷离的白光，如银河倒悬。观心泉、花漫泉、闭月泉、羞花泉、落雁泉、环翠泉、柳荫泉、幽梦泉、茗香泉……50多座汤池温度设在37—42℃，各有情调和文化意味。一角的山坡丛林下，花木隐藏着独特的药泉：镇痛芍药泉、清热贝母泉、益气白术泉、滋阴玄参泉和行气元胡泉。山庄将土生土长的药材煎制成汤汁后，掺入池水中形成这些药泉，其药理功效各不相同。在池边游走，可闻得到一股浓郁的药香。

秋天的清夜，我从远方风尘仆仆地寻到这里，把疲惫的肉身投到盈盈的池水中，霎时被一种温情搂抱，那宛如情人簇拥的纤手，"那么柔软，那么天衣无缝般地体贴，环绕着，抚摩着，温暖着，像返回诞生的时刻"①。我首先沉浸于白术泉中，白术有除湿益燥、和中益气、强健脾胃的效用，浸泡于此泉，据说可以增进饮食。而后是活血化瘀、行气止痛的元胡泉和清热解毒的贝母泉，偃息其间，让缭绕的药香不绝如缕地进入我的体内。从世人热衷的养生角度来说，温泉浴从古代开始一直领受着褒奖之词，所谓"春日洗浴，升阳固脱。夏日浴泉，暑温可袪。秋日泡泉，肺润肠蠕。冬日洗池，丹田温灼"。北魏元苌还将它誉为"自然之经方，天地之元医"。而独特的药泉，想必更有裨益，因为它融汇了大盘山的天地精华。从药池起身，喝过一杯热姜茶，我踱到瀑布侧面的高坡上。这里的汤池坐落于亭子中，周围布置着白色纱帐，格外幽静，俯视下方，各种暖色或冷色的光影晃漾在一方方池水中，

---

① 于坚：《温泉》，《收获》2005年第5期，第118页。

绚丽而迷幻。仰卧在水中，周围悄寂无人，只听见草丛中蟋蟀和纺织娘的嘶鸣、曼妙悠扬的乐声、泠泠的泉声，它们共同编织着一阕小夜曲。夜幕沉沉，和风拂拂，水声浅浅，头顶是煌煌明星和一轮古典的中国月亮，听不到烦嚣的市声，寂然不动，闭目冥想，人似乎进入了静虚的"吾丧我"的灵境，就觉得洗温泉其实也是一种洗心涤虑，是朱熹所说的"万劫付一洗"，也是苏东坡的"一洗胸中九云梦"，让人步入片刻的澄明。葛洪在《抱朴子》中说："洗心而革面者，必若清波之涤轻尘。"此刻，我忆想起某则禅宗传闻：

慧远法师居庐山。一日，两名高僧来寺聆讯佛经，慧远问其一：以前曾来否？僧答：未曾。慧远说，请先至寺中温汤沐浴。又问另一僧人：以前曾来否？僧答：曾来！慧远说，亦先往温汤沐浴。沙弥不知何故，慧远答：二人虽称高僧，实凡心未泯。嘱他们沐浴，因温汤源自地下，不受人间沾染，乃天地之灵水。裸身入池，可洗涤身体污垢，也可洗净心中杂念和烦恼，而悟出佛法真谛……

佛法与我无缘，我只是想，汤沐让人涤去心头的尘滓，它如同当年避居于大盘山间的昭明太子的一洗愁肠吧！

夜阑人静时分，山庄前面的公路已无车影，只亮着一串弯曲的辉煌的灯火，整条溪谷潜入睡梦之中，格外清寂。我从温泉中起身，走向山腰的汤泉别墅区，心中想起前人的"浑身爽如酥，怯病妙如神。不慕天池鸟，甘做温泉人"的感叹。孤冷的秋月已经下降到黑魆魆的峰峦上方，即将西沉。其实我愿意在脉脉的泉水里虚度整个夜晚。

# 四

　　山中的夜晚分外寂静，甚至听不见鸟声，一夜酣睡无梦。清晨推窗，秋阳已经把爽朗的鲜嫩阳光铺满谷底，但南侧蓊郁的山林的阴影还未消退，林子里有一个山农在采收板栗，但是看不见人影，只见竹竿在树冠中晃动。俯视山坡下的一口口浴池，已经放空清理，它们在静候另一批浴客。别墅区一幢幢小屋用绿地分隔，而门前都有一口汤池便于住客自行放水沐浴，于是想起昨夜有人隐隐在相邻的屋旁嬉水和吟唱，那里住着几个男女诗人。

　　清晨的山庄静悄悄的，便觉得有一种隐逸而宁静的氛围而心生一份留恋。在山庄吃过早饭，我与朋友将离开温泉之地，辗转进入大盘山的深谷，而后上山去探望那一泓亿万年的火山湖。它犹如一个亘古未醒的幽梦。只是我的心中，已经有了一种期待：待到雪花飘飘、银装素裹的冬日，我能否再来此地，体味"山头寒树深埋雪，池面温汤别贮春"的另一番情致？

风雅集

丁编

索居谁与度良时，陶写韶光赖有诗。
苦雨熟谙鸠唤妇，护风时见燕衔儿。
春从芍药枝头去，月向蒲萄架上来。
幽事相关心总适，五陵豪贵未应知。
——〔宋〕葛洪《感春遣怀》

# 穿越时间的花朵

*虞彩虹*

　　雪落在白雪堂上，实在是很相宜的。可以想象，雪花一片一片飘来，停留在屋顶上，黑瓦不黑了，四四方方的院子也被白雪铺满，院子里的红灯笼在一片白茫茫中显出更加耀眼的红来。白雪堂当然不是要落过一场或者几场雪才能叫作白雪堂，它名字的由来是那个叫陈汝器的人，皇帝念其"清清白白如雪映照"的人格操守才恩赐"白雪堂"的匾额。

　　不知道陈汝器是在哪一年向皇帝提出告老还乡的。一个才高学富，常被请到宫中为皇子们授课的人，觉得自己年岁已老，就向朝廷递交了辞呈。皇帝念旧情，亲自召见。说真的，皇帝开出的条件优渥到足以让许多人内心起起伏伏。一个说留下吧，我许你高官厚禄，一个说，被皇上您称为"先生"，还有比这更高的官吗？我要回家，日渐老去的双亲还等着我侍奉尽孝呢。一个说回去可以，那我赐你随从千人，一个说我不需要这么多随从，我只要自己回家。一个又说那我赐你在村里建一座白雪堂，一座崇德堂总可以吧，地面铺上金砖，一个说堂可以建，但金砖招贼，

白雪堂（郭丽泉 摄）

我只要毛砖。

　　就这样，一座以毛砖铺地的白雪堂建在了一个叫中田的村庄。回乡后的陈汝器是可以过太平日子的，如果他愿意。然而，时不时出现的灾年，让他无法置乡民于不顾，一度拿出数年积攒的俸禄救民于水火，不得已的时候，甚至动用了部分营建白雪堂的朝廷拨款。万历壬午年（1582）腊月，雨雪封门，贫者无以为生，陈汝器发粮救济；丙戌至丁亥年（1586—1587）涝旱相接，至戊子年（1588）春，饥荒严重，民不聊生，陈汝器家也是艰难度日，但仍倾家中所有赈济附近饥民，得活者千余人。一千多个鲜活的生命啊，皆因那颗极具悲悯而柔软的心得以存活。从这点上来说，陈汝器被怎么歌颂都不为过。他自己布衣素食，与乡亲们合力抗灾，灾情过后才开始着手建造白雪堂。白雪堂是哪一年建成的，并无翔实资料可考，只说是在明崇祯年间，距今已有近 400 年了。

　　跟世间许许多多的古建筑一样，白雪堂也曾经历过劫难。清同治初年太平天国起义，白雪堂在熊熊大火中一点一点燃为灰烬。先祖建造的堂楼在大火中毁灭，陈氏子孙内心的无奈与疼痛可以想象。虽然清同治时期，白雪堂、崇德堂得以重建，可那场劫难却在陈氏子孙内心留下了伤疤，而进入崇德堂的正门牌楼此后未再重建。如今还住在崇德堂厢房的那个妇人说，她刚嫁到中田村时，门楼不见了，但门楼那里的地面并非像现在这样平整，而是有一步台阶的。万物皆有时。平地起高楼，高楼变平地，沧海桑田中，旧迹越来越少，叫人唯余怅惘。

　　好在，大火可以烧毁房子，然而白雪堂的地面部分依然保留着明代建造之初以毛砖铺地的格局。保留的只是"格局"吗？白雪堂前走廊上的毛砖，虽然每一块都清晰可辨，却大多已碎成三块四块抑或更多块，碎裂的缝隙间填满黄色的泥土。它们深陷于不再平整的地面。多么希望这些毛砖就是建造之初的毛砖，这样的话，至少还可以通过它们跟陈汝器、跟最初的白雪堂有一脉得以相连。这样想着，站在毛砖铺就的地面上，忽然感觉在时间上跟陈汝器拉近了距离。

　　历史的天空总是充满迷雾，就像无法考证白雪堂到底建成于哪一年。黄底白字的介绍悬挂于白雪堂的砖墙上，开首便说"白雪堂乃明崇祯年间，中田村人陈汝器告老还乡时所建"。陈汝器，磐安县（原属东阳县）安文中田村人，讳璼（zhuān），字仲成，又名汝器，号静斋，生于明嘉靖二十三年（1544）二月，卒于明天启三年（1623）正月，育有三子二女。陈汝器被中田村陈氏后人尊称为"巽（xùn）六十四公"。1573—1620 年为明万历年间，1621—

127

1627 年为明天启年间，1628—1644 年为明崇祯年间，而陈汝器卒于 1623 年。白雪堂是在陈汝器去世之后才建成的么？经历过大火的白雪堂匾额还是当初的那块匾额吗？所有这些，就像当初那个叫朱翊钧的皇帝要赐陈汝器一千随从的时候，陈汝器到底有没有在心里闪过"这么多人，我怎么养活他们"的念头一样，都是谜。在时间的流逝中，有些故事会被抹去细节，变得越来越消瘦，也有一些故事会被添枝加叶而越来越丰满。关于陈汝器当初拒绝皇帝赐他随从的事，还有一个说法，说他曾如此委婉地拒绝皇帝："吾村二里许有一山岭，只容一人身过，我别无他求，只求皇上能为此岭赐名'皇岩岭'，虽只身一人回家，也心满意足矣。"若真如此，在我看来，陈汝器也是以退为进，只为皇帝放他回乡。正是因了传说中的这些细节，陈汝器这个人在后人心中变得亦远亦近，亦虚亦实。

陈汝器执意还乡的事迹流传至今。陈汝器之所以能常为皇子授课，是因他熟读诸子百家、四书五经，是当时一位博古通今、闻名京城的贤者。作为明万历年间的进士，官至礼部侍郎兼翰林院侍读学士的陈汝器，自幼禀赋慧聪，好学博闻，年纪轻轻便满腹经纶。但他并非书呆子，而是性情高远，极具冰雪之操，曾买棹石头（即南京），步姑苏台，历燕子矶，叹六朝之兴亡，又北上齐鲁燕赵，览七国之雄风，著诗集《缶鸣稿》，在当时闻名遐迩，被誉为"阮谢流风"。明代焦竑所撰《澹园续集》中卷九有《书〈缶鸣稿〉》，对陈汝器其人其诗皆有极高的评价："有客过余，貌古而语朴，非尘中人。问之，知为东阳陈汝器也。出其诗赋百数十篇，曰《缶鸣稿》者，雅澹纤秾，参错间出，流易而不乖于体，恣肆而不失其正。譬之泰豆之御，自得于中，外合马志。虽两骖如舞，自应节会，盖矩矱森如，而跌荡轶群之气，未尝不蔚然于豪楮间也。汝器迈往为心，烟霞成性，非世罔所能羁络。故语气洒洒，非食烟火人所可到。少读鹿皮子诗，清峭简远，负拔俗之韵，意甚爱之。宋景濂称其沈酣遗经，心契指要，谓片言可尽也。而亦系籍东阳，汝器岂其苗裔耶？审尔，则汝器家学，更有在诗赋外者。惜余衰，未能尽叩之也。漫书此而归之。"这样的人，心灵怎么可能为功名利禄所囿呢？作为政治家的王安石，最后作诗说的还是花，而非治国平天下呢。陈汝器的内心也是有清晰的答案的。当时，"国本"之争正烈，许多京官都来巴结他，给他送钱送物，希望他利用给皇子授课的机会，向皇帝进言，借机充实自身党派力量。陈汝器厌恶朝廷中的钩心斗角，一一拒绝，并表示绝不掺和各派"党争"，潜心教书育人，培育皇子们成长。"楚王急贤才，君才具文武。走马过章台，莫看章台舞。"虽然其诗大多散佚失传，但陈汝器不自傲、不贪恋、不张扬的风格在此诗中可见一斑。站在白雪堂，读着这首《古别意》，会感觉陈汝器的心意与我们有了悠远的回应。

　　陈汝器是睿智的。他老了就选择回到生养他的地方，虽然为官多年，骨子里却还是牵念着家人，向往淳朴的乡居生活。这种思想，在他以"眠牛"图案设计堂楼厅屋中也可看出。他以大花厅三间、高花堂楼三间为牛身，两厢长住房为牛腿，以村东北角乌桕树为牛角，村南亭塘的冬青为牛尾。牛身堂楼作为"白雪堂"，大厅为"崇德堂"。如今，乌桕树和冬青不见踪影，村子东北角有一棵树龄300多年的皂荚树，村南古树公园中有300多年树龄的柏树、500多年树龄的榧树、500多年树龄的南方红豆杉各一棵。关于"眠牛"，问起村人，或不知，或以这些古树作为

〔明〕焦竑《澹园续集》

牛头与牛尾。

　　日光之下没有新鲜事，人照常来到人世又离开人世，最后大多归于无名，但陈汝器和他的白雪堂却有幸存留下来，被后人记住。小满刚过，白雪堂的院子里，有些泛黄的雀舌草勾连在石缝间，似乎还没还过魂来，倒是均匀散布的小蓬草和一些开过花结了籽的野老鹳草一起，显出初夏该有的翠绿和鲜活来。细看，靠近崇德堂的半个院子，居然开满紫色小花。这种花瓣上分布着五条细纹，中间一条最长，两边各两条，分别对称的小花，竟然有个特别的名字：异檐花。在一个执意回乡的人的屋檐下，竟然开着这么多的异檐花，实在令人恍兮惚兮：莫非真的万物有灵，泉下有知？视线穿越一朵花，也许这是那个一定要回到出生地、回到心

130

灵原乡的人，给后人的一种警醒、一个答案。

　　人世更迭，时间的潮水一次次抹平昨天和今天。我们看到的白雪堂已经不是当初的白雪堂了，可令人欣慰的是，站在白雪堂，抬头望见的这片天空，一定还是当年陈汝器也曾望见过的。三百多年前，陈汝器替我们仰望这片天空，三百多年后，我们替陈汝器仰望这片天空。这样的时候，会感觉那些过去的事物也在我们身上延续。从物的角度看，天地万物没有一刻不在变化，但从道的角度来看，白雪堂还是那座白雪堂，它一直都在。时间从白雪堂的屋顶上经过，从白雪堂的墙壁上经过，也从白雪堂的地面上经过。时间从它们身上经过时，它们便开始变旧，但是"陈汝器"和"白雪堂"这六个字，却被摩挲得越发锃亮，仿佛一朵盛开的花。

# 放生碑纪事

潘江涛

浙江磐安县安文街道双坑村有一块放生碑，其上有"放生谕碑铭"。不是新近才听说的，不感兴趣的原因是，放生碑不只磐安独有，我在天台的国清寺、新昌的大佛寺等佛门圣地都曾见过。何况，这块放生碑是光绪二十三年（1897）才立的，距今只有128年，文物价值不是很大，我也就没把它当一回事了。

前两天，一帮文友围在一起神侃，又一次聊到了这块放生碑。街道里负责生态工作的朱良福忽然对我说，这块碑就丢弃在东（阳）仙（居）线公路边，风消雨蚀，要不了几年就会成为一块烂石，亏你还是主管这方面的"冒号"（领导）！

双坑村距磐安县城安文只有 9 千米。翌日一早，我们驱车赶到那里，只见那块高 2.7 米、宽 0.7 米、厚 0.15 米的放生碑果真斜放在村口的水沟边。前几天下过大雨，碑石触地那边溅满污泥，没有污泥的这头青苔斑斑。字迹漫漶，我们只得猫着腰，歪着头，用纸巾擦拭石面，一字一句地辨认。

听说我们是县里来的，住在附近的几个村民围了上来，七嘴八舌地讲起碑石的来历。一个村民端来了一盆清水，还拿来一个刷子。经过清洗，碑石上的铭文渐渐显出它的原貌。

## 放生谕碑铭

钦加五品衔署理金华府永仙分防厅兼管水利事务汪，未出示严禁事：案据四十七都九保双坑、石下等庄林蓬头、朱茂成、应守贵、应凑、丁开禄、李炳至等禀称水族放生。爱物大功现因，合义永禁。放生自第一渡重升桥起，左至大盘岭黄庄，右至石坑岭，禁止网钓，为鱼鳖生蓄之所。讵有忍心之徒不遵设禁，屡有钓饵罟取，甚至狠用毒药绝其种类，实堪痛恨。禀请出示谕禁，并请立碑以图久远。等情到厅，据此拟合，准其立碑，出示严禁，为此示仰地方大小人等一体知悉。自示之后，务须遵禁，以广好生之德。毋得视为具文，倘敢仍蹈故辙，许即来厅禀报，随时饬差拿获，按律惩办，决不姑宽。其各懔遵毋违，切切特示。

铭文的末尾还刻着 37 位村民的姓名，估计是参与管理放生事务的人员，负责人是双坑村的林如意。这块石碑原先立在龙头岩的凉亭里，来这里歇脚、躲雨、乘凉的山民都会读一读上头的铭文。

那时，铭文中的黄庄、石坑岭、石下等地属于永康郡，"第一渡重升桥"以下则是安文的属地，归东阳郡管辖。1938 年，国民政府为加强对浙中山区的统治，从东阳、永康、缙云、仙居、天台各划出一隅，组建"五平县"，即现在的磐安县。

磐安山高谷深，是婺江、瓯江、灵江、曹娥江的发源地，终

放生碑（罗锦建 摄）

年清流潺潺的花溪经过双坑村村口。农家妇女到埠头浣衣，溪里的鱼儿总是闻声而聚，一点也不惧人。林志奇老人回忆说，当年父亲常带他到花溪洗澡，大大小小的鱼儿立即围了过来，时不时地"亲吻"他们。有一回，他想吃鱼，父亲脱下汗衫，往水里一裹，一尾斤把重的鲤鱼便拎回家了。用这种方法"偷"鱼，上一辈老人都曾有过，但谁都不会责怪谁。

"大跃进"期间，花溪两岸原始森林中的树木一棵一棵倒下，化作了一缕缕青烟，留下的却是一堆堆钢渣。渐渐地，溪水少了，鱼儿跑了，放生碑也就成了摆设。"文革"后期，村里要建氨水池，放生碑做了现成的池盖子，并被浇上水泥。20世纪90年代初，村里拆掉了氨水池。所幸，一位村民知道这块放生碑的来历，小心地凿去碑面的水泥，终于让碑铭重见天日。遗憾的是，谁都没有在意这块笨重的石碑，便一直遗弃在公路边。

"贫穷不是生态，发展不能破坏。"这是磐安"生态立县"的理念。但是，如果我们的头脑中没有绷紧"生态""可持续发展"这两根弦，随着时间的推移和人类活动的频繁，再好的生态也会一天天恶化，就像靠近安文街道双坑村的墨林、窈川两地，古人用"墨""窈"字生动形象地勾画了这两乡的生态环境。然而，仅仅过了半个世纪，墨林无"林"、窈川不"窈"已是不争的事实。如今，花溪有水无鱼，要想再现当年天人合一、人鱼共欢的和美景象，实属不易。不过，有一点可以肯定，这放生碑的价值只会与日俱增。

此稿成文当日，欣闻磐安县文物管理办公室的人员已把这块历经沧桑的放生碑运到了县城，还建议在适当的地方建个亭子，把它立于其中，发挥它应有的作用。

我想，磐安是我国首批33个国家级生态示范区之一，这样的放生碑不是太多，而是太少、太少了！

# 越出山外的目光

虞彩虹

初夏的午后，阳光穿过古树的枝叶，洒下细碎的光影。古树底下，蒲儿根开着明亮的小黄花，短叶芦莉、金线草、六月雪、高粱蔗，蓬蓬勃勃地绿着。这是一个古树群，有榧树，有苦槠，也有黄连木，有的树龄已近 300 年。不过，那些更为年老的南方红豆杉才是古树群的主角，它们是朱氏文化的图腾。传说，上古时代伏羲联盟中有一支部落，他们把红豆杉称为赤心木，即"朱木"，并当作本部落的神来崇拜，认为自己是神圣朱木的后裔，自称"朱"氏族。8000 年过去了，石头村的朱氏祖先依然崇拜赤心木，他们从白云山脚迁徙至石头村生活之初就在村口栽下红豆杉，以此祈祷平安、兴旺。

许是先祖地下有灵，几百年以来，石头村朱氏人丁兴旺，人才济济。这济济人才，其中就包括朱玉。朱玉，石头小山村里走出的第一个大学生、磐安县享受国务院特殊津贴第一人、十大杰出民办教育家。他成了从石头村飞出的金凤凰。

1938 年 12 月，还是战火纷飞的年代，一个男孩出生在石头村祠堂边两间泥土加木头结构的房子里。朱守龙给儿子取名为朱樟道。虽然家境贫困，朱守龙夫妇都没上过学，也不识字，但他们跟世间所有父母一样，希望自己的孩子平安健康，也希望孩子将来能有所成就。他们到寺庙里许愿并给孩子改名为朱佛玉。11岁时，朱佛玉在村里读完初小，到金仙寺读高小。负责报名的老师对朱守龙说："把孩子名字里的'佛'字去掉吧。"从此这个男孩以"朱玉"为姓名。

在村中祠堂里上初小，朱玉过着一边放牛、砍柴，一边上学的生活。三年后，由于村里没有高小，为继续求学，朱玉跟另外三个小伙伴一起，到15里外的金仙寺上学。四个人当中，另外三个都在深泽那边有亲戚，而朱玉年龄最小，个子也最矮，深泽那边又没有亲戚，得不到任何接济。他跟着伙伴们，周末回家，周一早上一头挑着炭，一头挑着粗粮和霉干菜回校。往返路上，渴了就喝山泉水。回到学校，学习之余用炭火跟风炉自己做饭。生活无疑是艰苦的。生活在半山腰的石头村，也许是习惯了爬岭，也许是见惯了父母和乡亲的辛苦劳作，在朱玉看来，这种挑着东西步行15里、自己做饭的学习生活根本就不算苦。"我自小在乡村生活，虽然它没有让我见多识广，但它给予我不怕苦的精神力量。"说起家乡，朱玉满怀感激。

如果说生养它的小山村给了他不怕吃苦的精神力量，那么，念高小时那几个年轻教师对学生无微不至的关怀，则在朱玉内心播下了立志当老师的种子。"磐安解放前后，社会环境并不安定，为保护学生，老师就与学生同住通铺。"老师们视学生如己出的行为深深地影响着朱玉，使他想长大后也当一名老师，一名跟自己老师一样的老师。

三年后，以优异成绩毕业的朱玉考到安文中学上初中。初中毕业，白云山一位葛姓同学的父母来到朱玉家，叫他跟他们儿子一起到金华考学。朱玉没有任何犹豫，也许，那一刻，五年级时来到金仙寺小学的那名解放军战士的歌声再次在他脑海回响："解放区的天是明朗的天……"战士的歌声一直回旋在少年的心里，也在他心中埋下走出大山看世界的种子。生活艰苦的年代，支持儿子外出考学，也显示出朱守龙夫妇的目光长远。

然而，考学之路并不平坦。他与葛姓同学第一次出远门，两人从老家取道朱锡岭小道步行一百多里赶到东阳，又从东阳搭货车到义乌，再连夜坐火车才到金华，辗转多次，历经一天一夜。在金华，有位工人问他们考什么学校。当他得知葛姓同学报考当时刚创办不久的金华二中，而朱玉报考的是金华师范学校后，竟然有点瞧不上朱玉。只是这小小的不屑，怎会影响朱玉埋在心中多年的种子发芽呢。朱玉从来没有犹豫，也不曾后悔。说来也是有惊无险，当时的朱玉身高不到一米五，体重不到80斤，若非其中一位老师说"让他试试吧"，也许那颗发芽的种子就得面临夭折的命运了。好在，上天被少年的诚心感动，慷慨地给了他机遇，就这样他得偿所愿，顺利考入金华师范学校。崭新的世界在他面前开启。

1956年，从金华师范学校毕业后，朱玉报考了杭州师范专科学校数学专业，成了杭州师专第一届学生。杭州师专是浙江师范大学的前身。1958年，朱玉毕业以后，因学习成绩优秀，留校任教，成了一名数学老师。当时和他一起留校的有20多人，其他人都想方设法从事行政或其他工作，唯有他选择从事数学的教学工作。三尺讲台是他的梦想，但是大学的三尺讲台，恐怕是他最

初没有想过或者不敢想的。梦想终于得以实现的同时，他也感受
到了压力。如何丰富自己的知识，以满足学生的需求，是他留校
之初思考得最多的问题。好在，朱玉先后两次获得外出学习深造
的机会，第一次是 1958 年至 1960 年到华东师范大学，第二次是
1978 年到北京师范大学。在华师大的两年，他一心埋头苦读，想
着回校做一名合格的大学老师，以至于很少走出校门去逛街。

　　在浙师大的舞台上，朱玉从助教起步，一步一个脚印，1978
年开始走上了浙江师范学院数学系主任岗位，1984 年 2 月至 1999
年 4 月，又先后担任浙江师范大学副校长、副书记、校长、党委
书记等职。20 世纪 70 年代，很多大学在开课上比较保守，朱玉
敢为人先，开始讲授拓扑学等，成为当时大学里最早开设这门学
科的教师之一，也是较早讲授复变函数、实变函数等课程的教师
之一。作为学校主要领导人之一，他的目光从三尺讲台转移到学
校的发展上来，创新与改革成了他在教学和领导岗位上思考跟探
索的课题。"苟日新，日日新，又日新"，在他的不懈努力下，学校
发生翻天覆地的变化，规模不断扩大，院系设置趋于成熟。1993
年，学校被国务院学位委员会批准为硕士学位授权单位。1998
年，又被批准为教育硕士专业学位研究生培养单位。他个人也开
始担任浙江省第八届政协常委、浙江省高教学会副会长、浙江省
教育学会副会长、浙江省陶行知研究会副会长、浙江高师研究会
会长等职务。多年来对高师教育的实践和研究，终于结出累累硕
果，撰写出《高师教育改革探索》《兴校韬略》等专著，发表论文
60 多篇。

　　1999 年 5 月，朱玉被特聘为浙江树人大学校党委书记、校长。
万事开头难，摆在他面前的树人大学是一个无校舍、无师资、无

朱玉的著作

资金的"三无"学校。很难想象,这对于一个年逾六旬的人来说,压力该有多大。凭着对教育事业的满腔热情,他带领全体教职工开拓创新,进行二轮创业。在他的奔走与疾呼下,浙江省电子工业学校、浙江省轻工业学校(舟山东路校区)、浙江省对外经济贸易学校等发展遭遇瓶颈的中专学校,终于在 2000 年并入树人大学。这一成果用文字表述不过一句话,但朱玉在背后付出的精力和口舌,恐是常人难以想象的。紧接着,是无数次的调研,不断地思考以及收集信息,深入了解市场变化,组织管理效益评估,科学研究学校发展思路。这一过程中,朱玉说得最多的一句话就是"我们是民办本科院校,应该努力创造出自己的办学特色,有特色才有生命"。在他的带领下,树人大学确立了"崇德重智,树人为本"的办学理念,真正做到"人无我有,人有我特"。2003 年,树人大学经国家教育部批准正式成为本科院校,是浙江省最早"升本"的民办高校，也是全国最早"升本"的民办高校之一。朱玉全面系统总结浙江树人大学的办学经验，撰写了《树人实践》《树人为本》《树人探究》系列专著，他的精辟见解和不懈努力得到中国高等教育学会顾问、全国高等教育学研究会名誉理事长潘懋元的高度评价。

　　所有成绩和荣誉的背后，是艰苦的努力和付出，就像村口那些枝叶茂盛的古树，在人眼看不见的土壤深处，是不断伸入黑暗的根须。石头村是朱玉的根，也是烙刻在他心中的精神图腾。朱玉当年出生时的房子已经拆除，如今他家的两间房子建于60年代，还是泥土加木头的结构。在邻居的打理下，房前花草满院，天竺葵和蜀葵开得正好，樱桃树、桂花树枝叶茂密。站在朱玉故居的走廊上，目光越过前面人家的屋顶，目之所及就是东山。朱玉当年一定也站在这里眺望过远方，只是眺望的时候，他的目光早已越出东山了。

# 苦苦寻根的山城秀才<sup>①</sup>

## 陈一波

求知识、做学问，必须能和寂寞交友……我所做的只是想让全世界的华人都知道"繁花杂树皆同根"。

——本文主人公手记

近日，由磐安县朱颂阳编著的《朱姓迁流史》一书通过中国社会科学出版社的审稿，即将付梓。谁也不会想到，中国第一部完整的朱姓研究学专著出自一位生活在浙中腹地小小山城的"土秀才"之手。消息传开，不少熟悉朱颂阳的人都连声说："怪才，怪才！"

不久前的一天，笔者如约来到县文化馆宿舍，叩开了朱颂阳的房门。戴着高度近视眼镜的朱颂阳正端坐在大大的书桌前，拿着放大镜在满墙的书画和大叠的书籍包围中研读古本。50岁的他，留着小胡子，身着西服，热情地与我们侃侃而谈。在这充满

---

① 原载于《金华日报》2000年8月23日，第3版。

《金华日报》2000 年 8 月 23 日，第 3 版

书香的房间里，他显得颇具学者气质。

## 道路坎坷苦作歌

　　朱颂阳出生在安文镇（今安文街道）云山办事处一个偏僻的山村，祖祖辈辈都是农民，求学时正碰上"文革"，后来又由于父母相继早逝，他的大学梦破灭了。自小酷爱文学的他却始终没有放下手中的书，在那个甭说买书，就连借书都十分困难的年代里，他的大量阅读可以说是从废纸堆里开始的。为看书，他偷偷地四处求人，借来人家冒险藏下的一些破旧不堪的老书、古籍，一干完农活，他就偷偷地钻进书海里。对当时的他来说，最大的

渴望莫过于阴雨天了，因为那就意味着可以不下地干活，可以有更多的时间看书。而他一钻进书海就忘了时间，特别是在阴雨绵绵的日子里，不知多少次竟分不出上午还是下午，中饭忘了吃也成了常事。书让他忘却生活的贫困，给了他无限的快乐，使他对生活充满信心。平日里哪怕饭菜再差，胃口再不好，可他，只要一边看书，一边吃饭，饭慢慢地就吃完了。家里的人都说，书是他最好的菜肴。

后来，作为回乡知青，他有幸成了乡广播站、乡邮政所的话务员，尔后又通过考试成了一名民办教师，他学习的劲头更大了。回忆起那些年，朱颂阳说，每天晚上他都在煤油灯下看书、写作到深夜，第二天，一摸鼻孔都是黑黑的一层烟灰，闹了不少笑话。每年仅练笔用掉的纸张就重达十几斤。为了节约费用，很多笔记本是用单位里废弃的公文纸装订的。不少人看到他房间里深夜还时常亮着灯，就问他："是不是身体不好？""怎么年纪轻轻的，晚上就失眠？"朱颂阳总笑着诙谐地回答："人活着，怎能轻易睡觉，多睁眼看看也好，以后死了，够你睡的。"尽管由于对书的偏爱常被人唤作"书痴"，可他依然乐此不疲。

朱颂阳读书有很大一个特点，不只看文学书，天文、地理、医学等各类书籍都有所涉猎。他认为只有博览群书，才能搞好创作，才能实实在在做点事。他创作的诗词屡见报端，县城的入城口，一些亭角镌刻着他拟的对联。他还办起了磐安第一家文稿咨询服务部，曾一度成为该县走红的法律工作者。到县文化馆工作后，他和一些文学爱好者一起创办了该县第一份文学刊物《春山》，成了不少文学青年的老师。尽管他"无意苦争春"，但他觉得要实现人生价值，总得给后人留下点什么。

## 江湖夜雨十年灯

1986 年，朱颂阳先后从事民俗研究和参与《中国民间文学集成·浙江省磐安县卷》编写工作。在工作中，他对历史上一些民间传说中的小人物进行了考证，接触了一些民间宗谱，通过对民间宗谱与正史及野史的比较，他感到了姓氏学研究的价值。他想，正史是记载帝王将相的历史，宗谱是记录人民群众的历史，而姓氏学的研究可以更全面、更立体地了解人类社会、人类历史。

主意已定，当夜他就提笔写下了黄庭坚的诗句"桃李春风一杯酒，江湖夜雨十年灯"挂在墙上以自勉，并首先将自己的"朱"姓作为研究对象。工作之余他就开始搜集各类资料，为能通读古籍，他在古文字上再下功夫。时间一天天过去，终因工作、生活琐事太多，加上山区条件对搜集资料的限制，他感到有些力不从心。1997 年 7 月，他毅然辞掉了县文化馆舒适、安逸的工作，办理了内退手续，一门心思扎进对"朱"姓的研究之中，对人们的疑惑他只是淡淡一笑。

为能全面、完整地搜集资料，他背起了行囊，北京、上海、山西、河北、河南、湖南等十多个省市留下了他的足迹，全国各大图书馆，各大藏书院留下了他的身影，许多专家教授的宿舍里也出现了他登门求教的影子。他和浙江大学孙达人教授、中国社会科学院武新立教授等进行了交流。由于每月只能领到一点退休金，他尽量盘算着用好每一分钱，用足旅途的每一分钟。每到一个图书馆，工作人员都会用奇特的目光注视着眼前这位风尘仆仆的中年人，将他领到少有人光顾的古籍部、特藏部，翻出尘封已久的书籍。由于有些书本上灰尘实在太多，一天翻书下来，双手都变黑了。

为节约时间，每天一大早他就带上一大瓶水、几块面包赶到图书馆，直到下午关门了才离开，饿了就以面包充饥，晚上就在旅店里整理当天的笔记到深夜。有时为了一个小问题，他不知要跑上多少路，翻阅多少书，他知道自己的一时疏漏就是对历史的不公。在四处奔波的近一年时间里，究竟做了多少笔记、复印了多少资料他已经记不清了。但墙角那一堆足有十多公斤重的笔记足以说明一切。

朱颂阳总有一些令人不解的举动。动笔写作时，他特意到县城附近的一个村庄，在一座废弃多年的古宅院里租了一间房，当地的村民对此不禁纳闷，这阴森森的宅院长满杂草，平日里村民都不愿多看一眼，他来干什么？而这却是朱颂阳所需要的。从此，他深居简出，大热天里依然是房门紧闭，村民们有时一个多星期也未能见到他的身影，只有黑夜里亮起的灯光可以证明他的存在。一年之后，他出来了，留着长长的络腮胡子，手里拿着足足 53 万字的《朱姓迁流史》书稿，疲惫的脸上挂着浅浅的笑意。他明白这只是走出了第一步，路还很长，很长⋯⋯

## 繁花杂树皆同根

1999 年 12 月，他带着书稿参加了朱子学国际学术研讨会，与会的专家学者对他提出的许多新观点产生了浓厚的兴趣。他认为姓氏应起源于旧石器时代，是远古留下的以血缘为标记的符号，起源于图腾、远古人类的活动区域或在部落中担任的职务。在书中他更是大胆地向"历史"叫板，对禅让制、上古帝王的排序等提出了质疑。

如今，他又开始了下一部作品的构思，为了他毕生的心愿，已届"知天命"之年的他依然终日埋身书海。他在《朱姓迁流史》的引言中说，研究姓氏学的重要意义是让我国各民族人民、全世界的华人更清楚地知道"繁花杂树皆同根"，让大家更明白中华民族历史长河中如何大融合、大统一。

# 朱颂阳和他的《剑啸江南》<sup>①</sup>

胡国洪

武侠小说在当今时代已经不属于热门，然而，由磐安作者朱颂阳创作、红旗出版社出版的武侠小说《剑啸江南》，却引来了众多关注的目光，因为将浙江山水人文融入小说，呈现了一个别致的武侠江南，这部小说被称为"江南流"新武侠。有专家评价《剑啸江南》，"用别具一格的笔调尽抒武侠世界中的江南气质，将武侠小说的写作提升到一个新的境界"。

其实，比小说更传奇的是作者朱颂阳的人生故事：为了追寻清静、自在的生活，他在1997年7月选择内退，隐居在磐安乡下一座无人居住的荒僻老宅之中，以看书、写作自娱（《金华日报》2007年2月11日曾以《上马石的"梭罗"，一个人的10年》为题作详细报道）。他躲避尘世但不远离，他隐居农村却观知天下，先后写下了《朱姓迁流史》和《剑啸江南》两部力作。

----

① 原载于《金华日报》2012年7月17日，第8版，原题为《磐安隐士朱颂阳出版武侠小说〈剑啸江南〉》。

朱颂阳和他的《剑啸江南》

## 给武侠小说打开一扇崭新的窗

早在 2007 年，《剑啸江南》其实就已经初步完成，当时的书名叫《云雾锁剑录》。朱颂阳写这部武侠小说的初衷，是为了履行对一群大学生朋友的酒后承诺，却在无意间发现了释放心灵的一条通道。

《剑啸江南》取材于明末清初现磐安境内的"白头军起义"。当时，因清兵渡过长江以后，进行了血腥的镇压屠杀，江南人民奋起反抗，啸聚山林。大江南北的武林豪杰云集于浙江与清军进行殊死斗争。主人公之一的峨眉派门徒殷玉羽本是前来寻找20年前的仇人，历经波折，也加入抗清队伍。书中既有对鲁王朱以海领导下的南明军事统领无能腐败的深刻揭露，亦有对武林侠客儿女情长、英雄气短的细腻刻画。

从2004年开始，朱颂阳花了两年时间写出书的初稿。他曾经把小说的一些章节上传到网络，受到热捧。

在朋友的介绍下，2012年，红旗出版社正式出版了这部武侠小说，更名为《剑啸江南》，共69万字。据了解，这是红旗出版社首次出版文艺类作品。红旗出版社总编辑鲁强说，《剑啸江南》给当下的武侠小说打开了一扇崭新的窗。

## "江南流"新武侠

朱颂阳在创作之初，就决定将浙中地区尤其是家乡磐安的山水名胜"包装"进小说里。

《剑啸江南》写到了杭州、萧山、绍兴、嵊县、新昌、缙云仙都、金华、永康方岩、江山、天台、括苍山等地的风土人情。义军败后进入磐安，小说描写了在安文昌文塔、花台酒楼、安福寺、明智寺、玉山古茶场、城里山、鞍顶山、尖山镇、花溪等地的龙争虎斗，同时对磐安的山水进行了细致的描绘。最后，英雄豪杰在浙中大盘山全部殉难。

"到磐安旅游的话，可以根据小说里的描写按图索骥，找到那个场景。譬如小说里，武功最高的世外高人就隐居在花溪景区里。金华的读者也可以看到很熟悉的情节，比如，小说中的江南武林盟主司徒函辉，就住在金华城里，以前的梅花门附近。还有一个叫柳若烟的女子，也是住在金华城里的。"朱颂阳说。

在小说里，朱颂阳还自创了很多武功招式名称，区别于金庸、梁羽生和古龙等人的常见招式，如"万里牵舟"、"九天飞霜"、"凌空仙人抓"、"大音希声"（即传说中的"传音入密"）、"云雾尺法"十三式等。

## 专家：或成武侠小说发展方向

7月10日，红旗出版社专门在杭州组织了一场颇显江湖气息的《剑啸江南》首发式和研讨会。知名武术家章建华，浙江大学地理系教授、地理学博士范今朝，浙江大学人文学院教授、博士生导师黄健，著名作家、杭州市作协副主席孙昌建，浙江省社科院研究员、金庸的博士弟子卢敦基，红旗出版社总编辑鲁强等作家、学者到会点评。

章建华说："武术是中华民族的国术。推动和弘扬中华民族的'国术'，朱颂阳十年磨一剑，《剑啸江南》给了我们很好的展示。"

地理学博士范今朝认为："《剑啸江南》以浙江人文地理为小说背景，以文人独到的眼光，推介浙江的山山水水，很有意义。《剑啸江南》的发行，对浙江特别是磐安的旅游一定会起到很好的作用。"金庸的学生卢敦基分析了我国各阶段的文学成就，称朱颂阳是一个"有大志"的人。"用区域文化为背景来写大武侠的书并不多见，这或许可以成为武侠小说未来的发展方向。"

杭州市作协副主席孙昌建说，随着电视剧《天涯明月刀》的热播，武侠作品将迎来新的热潮，期待《剑啸江南》有很好的市场。浙江大学人文学院教授黄健认为，朱颂阳用10年时间酿

朱颂阳在《剑啸江南》首发式上

出来的《剑啸江南》这坛酒，一定是好酒。"中国文化的区域性非常强，'江南流'在新一波'武侠热'中会有一席之地。"

# 婺剧知音朱谷林[①]

张　鹏　　陈金明

在这盛夏酷暑时节，人们都在为寻找消暑纳凉的方法而大伤脑筋，而在云山旅游度假区上马石村的剧场里，人们可以经常欣赏到"云山婺剧爱好演出队"带来的文艺节目，享受着这个夏季阵阵文艺清风。2010 年 8 月 7 日，他们又在这里进行婺剧表演，场下早已围满了前来观看的村民，叫好声在场内此起彼伏，现场洋溢着一派欢快的气氛。

提起这支"云山婺剧爱好者演出队"就不得不提到一个人，那就是朱谷林。说起他，不管是村干部还是村民，都说他是一个能为村里做好事，非常值得大家尊敬的老人。

在朱谷林家，一进门就看见墙上挂着十多把不同样式的二胡，他告诉我们，这些二胡都是他亲手制作的。他还说，各种各样的木制品，他只要看过一眼就能做出来。这身手艺是他年轻时候磨炼出来的，这也为他以后进军木制品行业并取得一定成就带来了

---

① 原载于《今日磬安》2010 年 8 月 13 日，第 3 版。

很大的帮助。朱谷林的少年时代是非常苦涩的。为了生计，他先后学了多门手艺，其中木制品的制作手艺水平相当高，在邻里乡间都有一定的名气。早年的贫困生活磨砺了他吃苦耐劳的精神，随着改革开放的到来，下海创业之风吹遍全国，也吹动了他那颗沉寂已久的心。1985 年，朱谷林办起了一家砖瓦厂，为他挣下了人生的第一桶金。20 世纪 90 年代，磐安刮起了一阵花岗岩开发热，看到当时花岗岩市场的火爆，他用办砖瓦厂挣下的钱办起了一家花岗岩厂，后来由于磐安花岗岩资源的匮乏以及市场的冷落，一下子亏损了六七十万元。这在当时是一笔巨额资金，也几乎是他的全部积蓄。在失败的打击下，他并没有一蹶不振。1997 年，他又办起了云山第一家木制品厂——云宏工艺品厂，凭借着自身过硬的手艺和多年经商积累的经验，工厂在他的运作下很快便上了轨道，到 2009 年为止已是一家年上缴税收 40 多万元的企业。

2002 年前后，朱谷林把企业交给儿子打理。空闲下来以后，他想，自己从小就非常喜欢婺剧以及文艺表演，以前因为工作忙没时间，现在空下来了，有大把的时间，何不搞个剧团？把村里有同样兴趣爱好的人组织起来，平时在一起排练，等到了节假日就在村里表演各类文艺节目。这样不但可以继续发挥自身的价值，提高文化涵养，还可以丰富村民们的文化娱乐生活！说干就干，朱谷林马上着手组建剧团，但在实施过程中却遇到了不少的困难，因为首先表演需要的道具很多，一下子购买要很大一笔费用，在当时也没这个经济条件。而村里有这个兴趣爱好的人大多没有固定收入，平时要到地里干农活，空闲的时间也不多，真正有条件参加的人员很少，于是在剧团组建之初出现了只有两个人的尴尬局面。而现在剧团人员已经发展到了 30 多人，其中后台人

**婺剧演出**（郭丽泉 摄）

员有 10 多人，还有了自己的舞台和各种演出需要的道具，而朱谷林自己一边负责剧团的日常事务，一边在表演时兼职司鼓。

在剧团"万事俱备，只欠剧目"时，朱谷林又想出了一个土办法。他买来了许多婺剧碟片，从碟片上一字一句地把剧本抄下来，然后拿到打字店里打印出来编成剧本，分发给各位"演员"，让大家照着碟片里的唱法"依葫芦画瓢"，然后，把大家集中起来试演……通过这样循环反复，《双血衣》《送徐庶》《翠花亭》等一出出婺剧剧目新鲜出炉，并形成规律，每周三、周六集中演出。据介绍，他们的演出队还曾到安文、深泽、新渥以及上葛、白云山等地义务演出，得到了很好的评价。朱谷林说，磐安现正在建设云山旅游度假区，等度假区开发好以后，他会经常组织人员义务演出，使前来度假的游客的业余文化生活更加丰富。

现在，在云山各村，朱谷林的"婺剧爱好者演出队"受到了广大村民的一致好评。他个人也因此在 2009 年 12 月被评为"中国婺剧（磐安）社会热心人"。

# 白云辞

群峰四起似崇垣，绿树重阴庇一村。
密叶层遮堪宿鹤，乔枝远耸好栖鹓。
山当日午云铺地，风动涛声韵入门。
柳暗花明无限色，渔人几认作桃源。

——〔清〕陈赏斋《茂林藩舍》

# 云山之顶（外一首）

天　界


摩天轮是通向白云的唯一入口

它耸立山顶，成为另一种形式的风景

云山之夜，星光落进水池

有人反复寻找与自身

确实相关的证据

并和空旷中悄悄出现的影子对话

当云山花开和飞鸟偶尔相遇

这肯定不是巧合

它们纯粹、朴实

安静。犹如这首诗

只是记录了什么。而山顶本身

始终潜伏着神秘色彩

说得清楚吗？从开始到最后

这些存在的意义，又提醒给了谁

恍惚是无从知晓的山虫

望向远处，山黑黑

一层一层叠着。我们站在哪里

## 夜宿云上花溪

把头抬高一点，天上的星星就近一点
在云上花溪，酒可以铺在一幅画里

我们深夜从一幅画中取走酒杯
又从酒杯中取出词语

我和游离谈到了绘画和艺术
谈到一张纸应该属于哪一个王朝

狂欢的肯定不是某种主义
诗的零配件。甚至只是月亮的半张脸

他们聚集云山，如大盘山博物馆
各种凶猛的飞禽走兽标本

包括大盘山不可计数的草药
清晨醒来生机勃勃，深夜坠入深渊

**云上花溪酒店**（郑丽娟 摄）

# 傍晚的云山之巅（外一首）

游 离

傍晚的云山之巅
我们三个人
拿着手机
趴在露天游泳池边
拍夕阳，以及
夕阳落在
游泳池水面上的光
谁知道
有一个人拿着相机
在背后拍我们
这场景
有点像卞之琳的断章

## 在云山之巅……

在云山之巅
比山更高的是

白云禅寺
比白云禅寺
更高的
是山顶上的摩天轮
然而，比这
人间的一切
更高的
是头顶上的天空
在云山之巅
天空像
一顶蓝色的帐篷
笼罩着群山
白云，以及
此刻
站在山顶上的我

云海方舟（吴警兵 摄）

# 那个叫云上花溪的地方（外三首）

飞 白

那儿与磐安县城遥遥相望
——身子都还没到
就脑补各种奇怪画面
或者在山道上迷途。心情像只野兔
发了情，从月光下的林子跃出
那么晚出发
夜得纯粹的时候抵达
一路向西，山路蜿蜒复蜿蜒
此处必蜷睡了一万朵沉寂的云
还有开满玫瑰的溪
再往后，就只剩下深夜的绮梦与孤独
如果说这也能疗愈自己
如果说这就是宿命
荒野，孤冷中弥漫夜来香
跟智慧无关。那我算是来对了

## 草坪上听孩子诵读有感

声音，铺满春草
春草上滚落的露珠
露珠聚集着
伺机而动
把整座云山笼罩
草坪没有任何机巧与密谋
仿佛久被洗礼
它们可以
值得我们交谈
甚至是应该
再肯定果决一些的话
必须用恰当的方式
给出态度。声音成了另一座
久违的云山
——暖，爱，希望，到处雀跃
不安分的云掠过
就像这个春天
早已被你我真实地虚拟


## "相信未来"或云山自有诗意

男人正在从一首诗里对春天有所表达

云上花溪酒店（郑丽娟 摄）

未来是什么——
一块云山巨石中吐露的生长
人群松弛下来
体态自然。可以听得到林间缤纷的水分
升腾，脱离整个地面
不远处杉木成群矗立
骄傲的内心，并不孤绝
我试图和这个世界保持良好的距离
仿佛在云山面前
除了阐释相信的力量
总还有那么一点歉意


## 白云山上摩天轮

忽然想起那天快到跟前
就望而止步的情形
那么巨大
静止且超越
语言的事物
对我造成
冲击。那也是一种人生
——空荡无所依附
随着长久的日月星辰
缓慢轮回

我被非语言攫获

当自然以人工的另一种形式

参与精神叙述的重构

白云山与她

同样会渗透与凝固

除了对视

我随即沉默。那是一次彼岸的寰转

# 云海方舟（外一首）

再回首


当云海方舟屹立于山岭
天空之镜便升级为网红
泳池成为嬉戏的天堂

我没见到云腾雾跃时光
却在远处遥想着臆动
幻化成为山巅的一朵云

我可以随时变换身姿
信手拈一缕风荡漾
让妖娆昂首阔步巡游

我可以唱着信天游
穿越千年的晋代
在古茶场浓缩成香茗

我可以信步药谷角落
和磐五味促膝长谈

做悬壶济世的药引子

在云海方舟，你我可以
是一把把躺椅把群山毕览
听一听，夜的声音……

## 禅舟砺心

花溪，为我们到来而奔腾
白云，沉淀为佛门禅寺
云海，在群山铸就了方舟

风妩媚地牵着我的手
问候蓝天白云漫山野花
泛起无尽的旖旎风光

我们踏着春色，指点云山
让朗朗少年，满怀诗意
童声，在书院里久久回响

弯弯的山路，虔诚的诗路
少年，用掷地有声播种
长成来年又一个诗意的春天

傲视一切的浙江之心
把匠人的智慧，铭记天空
等待着时机，转动历史……

# 在云山（外二首）

沈文军


**1**

沿着溪谷，汽车抽出陆游的
红酥手，我在摩天轮
转出太阳的后裔


**2**

水从群山的肋骨穿过
花在云雾里招手
树拼出葱绿


**3**

相机是帷幕，拍出白云禅寺
躺在云海方舟的藤椅
掀起海浪


**4**

一条溪就是一条街
到此一游，我们都是

商铺，吆喝连着山风


**5**
把天空当成楼台，把酒
当作话题，云在诗中
成了肋骨，坚挺


## 坐在云山的藤椅上

藤椅把自己当作道士
坐在山顶
群山就成了棋子

把花溪还给花，把
云山还给云，脚下的路
一直通往山峰

山峰叠嶂，起伏
我沿着白云禅寺
开着方舟喝酒

坐在云山的藤椅
朵朵白云飘来，像
浪涛涌上，背后的镜柜

有钓鱼者静坐
有等待者争宠
有爬墙者欢呼

## 住云上花溪酒店

清晨是一根鱼竿
我走进竹林的幽静
鹅卵石的风，吹在
花溪的花上
流浪的云飘过葱绿
这时候，我戴的草帽
响起骑过陆游的马的吼声
这吼声来自
有茎的和无茎的药草
来自蜻蜓的飞行
我仿佛是周游列国的孔子
花簇是战袍
辽阔响起凯歌
草帽有虎，有花
有船在扬帆
飘出金凤凰

白云生处

云上花溪酒店（郑丽娟 摄）

# 云山之顶（外一首）

洪炜津

高山海拔 888 米

摩天轮巨无霸的雄姿

透明玻璃上的脚印，映衬抽搐的小腿

跟随一炷清香喃喃自语

卸下发软的疲惫

远处的山峦如拔萃的灌木

阳光穿透薄薄的云层

镜头无力地搜寻安慰的快感

再好的茶水无法匹敌酒精的癫狂

当晚风铺开春日的和煦

薄雾遮掩了明媚的春光

开遍芍药的村庄

动听的导游词娓娓道来

天南地北的过客

喋喋不休地争论一串串吉利的数字

摩天轮的高度凑合了888

## 大盘山博物馆

地板上的地图标识绵延的群山
文物与许多动植物的标本
剥开鸡蛋的壳
丛林里的历史，元胡蛋与四不像
葛洪的丹药和在茶叶
黑麂的蹄子踏着流水的节拍
身与心因为安而重合
一种繁衍生息成为标本
就像消失的花豹
一种珍贵的药材
医治昨天的病痛
注目仿真的原始丛林
我觉得我没有病
我是一个贩卖药材的过路商

# 在云山，扯一朵云

王伟卫

追着白云，到深处
经过白芍守候的拐点
到似乎伸手可及的高度，我
捕捉到一点云山的心思，没有登顶

扯一朵云，让缥缈具有真实的叙述
俯下身，听听矮灌木的慢时光
有些制高点，必须仰望
譬如，眼前的摩天轮矗立山巅
将借宿的高枝，垫在脚下
就像我在人群中，布下勇气

再借一股葛洪炼丹的山风
让情感在时空中交错
磐安、云山，不再是一个普通的地名
同拥一颗浙江之心
山水、草木、人与人之间
便有了同频共振的理由

# 登云山（外二首）

知　秋


源于山河固定
也可通过不停地堆积
还有一种取决于旋转的速度

曾有诗人写到
佛寺的顶点、村落的顶点以及自己的高度
仰望是与顶点和顶点之间的对峙

登上云山，卑微的草木
也能耸立成群山的高度
唯有自卑者，常常觉得自己
未能抵达预设的英雄之路

同出一山，降低高度，不是隐居山林
更不是与世隔绝，
池水的镜面收容天空与阳光
是与很多皈依者一样深爱山林
"以佛治心，以道治身，以儒治世"

为的是让心有所寄

星月光顾这里，云雾浩瀚也光顾这里
一种共生的光芒高度
最终成为圆融自己


## 云山书屋

抬头便是云伴青山
在这里的阅读者
找到了不一样的延续
故而能在自外遥望时尽览万千

透过一扇落地窗
灯笼、风铃、交错通幽的巷子
它们的另一头拉长落入长街沿的平和
一个用于讲述世事的日子

此刻，一群人正在朗诵
朗诵那些隐身于人间烟火和天心月圆
铺开在长街的石板路上
一旦走进，诗意温暖

## 夜宿云上花溪

磐安云山，保持一个姿态
它们将风携上拥抱

溪水的声响，就如轻轻敲击编钟
清脆悦耳，时而浑厚明亮

传说在很久以前，云山花溪两岸
长满大片大片的药草
熬制的药效
能让我们回忆起自己的前世

根叶虽然同生，但却不能永世相守
不能永世相守
就让我，在此刻守在她的身边
抚摸着她的脸颊
驱赶着藏匿在她体内久久无法治愈的疼痛
这才是我最想要的

# 云山顶上（外二首）

王学斌


站在高处的事物，也会惶惑
需要寺庙，来抚慰
也需要水池盛放星光
用星光荡涤内心
正如云山顶上的摩天轮
仰视，易生敬畏
俯瞰，流露悲悯之心
把象征主义发挥到极致

山路曲折，有着难以言说的
隐秘，在反复的折返中
盘旋上升，直至无限
游走在山顶的人
总在寻找自己的位置
直到把自己
丢失在水池的倒影中

## 云上花溪，我们彻夜长谈

灯光，草坪。在云上花溪
流水声忽远忽近，如同
绕梁三日的琴声
诗人是理想主义者，深夜
于酒精里沉浮
某些话语沉重，夹杂着卵石

话题随溪水进入各个源头
无主题才是最好的主题
无暇关注星空，荒野遥远
聊到陆游骑驴而来，我们围绕
驴的毛色争论不休
真是山穷水复

酒杯很小，可以盛满夜色
当我们缄默不语
静谧中，黎明在地平线之外
轰鸣

## 声音里的山和水

那么逼真，声音塑造画面

云上花溪酒店（郑丽娟 摄）

气息收放自如
不断修正声音和现实的距离
把一句话搓圆又拉长
然后缓缓地从深处放出

在云山书屋，草坪上
像放映户外电影的活动现场
声音浑厚如大盘山的云雾
勾勒了暮春之际
磐安的山和水

# 云海方舟（外二首）

应满云


以为是一片海，蓄着
岁月的云，风成了气流

云雀的声音是流动的
尽管水天一色，没有迷茫
从此岸到彼岸，仿佛
用翅膀，划动一叶方舟

水的惯性，托起
温润的往事。或许辽阔
而澎湃，或许静谧而幽深
只有，卧着的山石
与花草轻语

看似来路，又似归宿
醉了，旅游度假
我想像云栖的潮汐

会不会同样，精准地对着
时间，潮起又潮落


## 摩天轮

阳光的针，读懂分秒
从云端的那头
轮回，一场场悲欢

鸟的翅膀，接受了风雨
变得矫健和空灵
仿佛一张张仰望的脸
写满峰谷的落差

所有的传说、怀想
禅音，都可以在这里
找到出口，像轮子
120 米，成了云山的泪腺
每一丝感动，都是
活在人世的方式

此时，我张开双臂
忘了自己，是一只飞鸟
还是倒立的枝丫

任山风传音，与万物
共聆


## 大盘山博物馆

为一座山立馆，肯定
厚重，能够承载
历史与文化的相融

展橱内，陶器碎片
拼凑着山之祖的往昔
图版上，潺潺流水
像琴弦弹奏
水之源的知音

天地有灵气。茶之地
盏中盈满一枪一旗
药之乡，山川谷地
弥漫草本药香
而文之神，字里行间
流淌出千古风情

时光之门，已打开
博物馆，像现代喧嚣中

一座安静岛
每一次凝望，都是
一次与古人对话
古韵悠长，文化璀璨

# 云山之上（外二首）

江维中


我认识的你，就像
我所认识的悬空玻璃栈台
就像爬上斜道所认识的寺庙，就像
站在寺的拐角所认识的摩天轮
就像摩天轮上的小房间
就像佛殿里的签筒
就像悬崖的空

远的，近的
都扑向被陌生绑架的感官，倾听
我将要认识的一切
于是在——

云山之上，我把月亮当凳子
一坐下来
就是一个夜晚

白云生处

远眺白云山（倪正奎　摄）

## 在云上花溪

颤动在枝头的云山，灯影
被燕尾剪碎的绿，穿过暗夜的瀑布
沉没了身体，蟋蟀声起
遥远且毫无边际

我试着去触及——

烛光偷窃指针的私语
以及铜壶的独白，一茶盏的秘密
瓦檐掀起波纹溢写岸堤
门前的人，读着山中的风声

一个词就是一味药引
能解世上所痛的事
竟是落在溪间那一抹苔痕

## 山中一夜

溪岸染成了猎物的肤色
疯长的指甲，拨弄着月光底的芦苇
鞭子，在镜中买醉

你的脚步迈过零点
壁挂的钟声洗漱星辰，褪色
云山静坐在烟头，掠过谜般的嘴角
隐匿的细节被心跳勾勒

我试着放下酒杯
夜色已将我们连成了一片

# 在云山（外一首）

胡富健

想象摩天轮放射佛光
庙宇端坐看红尘峥嵘岁月

与白云拥抱，整个蓝天都揽怀中
与山合影，思绪共连绵跌宕

谁在大呼小叫
是风，是树
是山谷，是流水
替我们喊出天外之音

## 大盘山博物馆

大自然在此设坛
开讲。万物敞开自身

羊愔、葛洪、许逊、昭明太子

云山春色（陈彬 摄）

四大讲师各讲各
菌菇、浙五味、药园、茶园
花、果、叶、茎、根
各显神通

入饮、入食、入药、入心
补救于我们身体的缺失

# 白云山顶（外一首）

林艺迦


在通往白云山顶的路上
我与风和鸟不经意间周旋
鸟，在追风
风，在追我
而我，在追云


一定有什么
隐蔽在白云背后
就像人世间
光鲜亮丽的背后
也藏有灰暗的事物


当我登上白云山顶
解开云海方舟的那一刻
许多虚无缥缈的词
从四面八方围拢过来
将我恣意托起

白云生处

白云山远眺（马荣鑫 摄）

白云　一朵一朵
在耳边　在发梢
在手心　在脚下
每一朵都绽放
宁静与悠然

在白云山顶
我可以抓住
一切游离不定的隐喻
却唯独抓不住
一个颠扑不破的真理


## 云上花溪

云上　花　溪
云上有鲜花和溪流吗

当你像一只黄昏的倦鸟
落在云上花溪的时候
想象就开始轻舞飞扬了

这舒适的榻榻米
精致的茶台
以及玻璃窗外

空蒙的山色
潺潺的溪流
足以容得下
小心掩藏的你
一整夜细碎的孤独

破晓时分
是谁把月亮抱走了
一片片云
簇拥过来
刚好填补你
内心深处
一段不可言说的荒凉

# 灵魂高蹈于云端（外一首）

严敬华


在白云山，炼丹者孵化出碧海、苍梧
每个人都有自己的渡口


坐下来，和自己聊一会儿天
二十一克的灵魂此刻获得翅膀


我那几个分身，采薇的采薇，采菊的采菊
白鹤与黑鹳在空中对舞
羽化成仙是一种错觉


一山有一山的错落，我的平仄
走出至暗，手心湿得像海


体内蛰伏的野兽学会宽恕
走在各自的朝圣路上，合拢暗火
将生活的锋芒一一认领

白云生处

白云山摩天轮（郭丽泉 摄）

把心拉回肉身，阅己，悦己。然后看好自己——
留白之后，放过自己


## 一轮浩大的明月悬挂在云山之巅

开门，见山。镇宅的狮子被山顶托举着——
钢质肋骨最适合用来打开柔软眼神


车遥马急，狂野巨兽驮来各色浮世身子
在虚空中上上下下


颠簸是一种诚意，从最高点到最低处的起落和变换
不说永远，在每一个瞬间


辗转异乡的人，从龛室中分娩出翎羽
装满鲜活的容器，无限循环


一轮浩大的明月悬挂在云山之巅
长成崭新版本的图腾

# 在云上（外一首）

张 末


驱车山间，就像在云上飞翔
漫山起伏的郁郁葱葱的树
自成浪潮翻滚的海
却又静谧得如同列队等候主人远归的兵马俑
森严。许我观瞻
是我生的荣耀

那些停驻山头的云朵
只顾凝固自己不管世有漫长
云山顶上，遥望那墨蓝的连绵的诱人的山的影
空旷天宇下的山的影在他的远处深情召唤
用最深刻的方式

风吹来
这是云山在爱我
要留下我

喜欢在云上飞，飞过河飞过桥

飞过山谷和山巅
飞过每一朵云每一棵树
夜色将临
在云上，我看到山
看到我梦中情人的样子


## 捡一颗小松球回家

路边一路的小松球
一路的，安静的，层层的
层层的叶堆里，叶堆底
完整的，残缺的
一颗颗，一颗颗，深褐色，带刺的
不知埋了多久的日出日落风去风来
亦不知将来还会有多少从云端而降
有多少会被虫豸吞虐
剩下多少继续层层叠叠
地壳运动山海呼啸的遗留
古战场震天厮杀的残存
生命自然演化的褶皱
云山有一地的繁星

我屏住呼吸蹲下来
尽量使自己悄无声息不惊扰松球的世界

白云山云海（周济生 摄）

可我还是听见了
听见了小松球们骚动起来
叽叽喳喳起来，翻滚起来
一颗注定独特的小小松球恰巧在此刻
在风里轰然坠落于我的脚边
我捡起来，放在掌心，看见它在发出太阳的光
就是它了

我捡一颗小松球回家
从此我和云山便有了信物

# 云海方舟（外一首）

吴警兵


白云飘动于触手可及处
不随任何意志而转移

远山延展
谦和的样子令人动容

夕阳，利用有限的水面
回收逃匿的光束

除了天籁，没有什么值得悦耳
清风拂过来，山顶的摩天轮不为所动

我们无法保持足够的清醒
夜色正从山下匆匆赶来

## 白云山村

裁剪一片白云
来装饰梦。飘来飘去
总逃不出

风的手掌心。被握的感觉那么好
已经有点不想挣脱了

村头那株银杏树
也乐在其中，还四季分明地
打扮着

那些迎来送往者
都自叹不如。村后的石鼎
还活在葛洪的传说里

山顶摩天轮开始自圆其说
远处的石径
早已不见踪影

白云山村（郭丽泉 摄）

# 九日载酒登白云山

王 环

傲睨诸峰颇不群，登临载酒任微醺。
山池水落鱼愁雨，江浦天低雁出云。
石鼎当年谁锻炼，黄囊今日我殷勤。
龙沙逸兴无多远，直放豪情薄夕曛。

# 梦游白云山绝顶

郑开正

俯眺千峰一碧闲，登云步月落霞间。
欲穷万里凌云志，不让蟾宫只手攀。

# 云山八景

佚　名

### 真武踏龟

仰望镇北是灵神，踏得仙龟万古春。
不使鳌头袴独占，也须脚力比魁星。

### 玄坛伏虎

降魔宝杵仗韦驮，伏虎玄坛力信过。
收煞凶神何敢逞，不须大队起天戈。

### 玉溪春碓

小溪戛玉势淙淙，无水何能碓自舂。
日夜月轮还自转，以中巧妙夺天工。

### 宝寺鸣钟

寺开明智照心灯，清磬红鱼般若经。
警动众生迷早醒，还须大扣在钟声。

## 山脚闻蛙

蛙鼓曾从山脚来，浑如田畔起天雷。
何须细问公私事，懂得蛙蛙便不呆。

## 石头上马

上马何人勒马鬃，古今同此骋英雄。
千秋壮气长留石，应与孙刘试剑同。

## 青峰搁笔

高撑笔架半空中，搁笔应来蔡九峰。
是否此人留此笔，令人恍惚企无穷。

## 白云铺笺

白云山似白云笺，铺出神仙葛稚川。
仙笔一支如肯借，时时腕下出云烟。

# 石头五景

陈赏斋

### 茂林藩舍

群峰四起似崇垣，绿树重阴庇一村。
密叶层遮堪宿鹤，乔枝远耸好栖鹓。
山当日午云铺地，风云涛声韵入门。
柳暗花明无限色，渔人几认作桃源。

### 瀑布飞空

绿树村外带清溪，一道飞川挂谷西。
声撼半空疑骤雨，影悬百尺似长霓。
奔流不让河流峻，洒落时添烟雾迷。
见说庐山多瀑布，朝宗到与海门齐。

### 东山玩月

天高夜静步秋光，月上东林似晓霜。
乌鸦惊人频换树，清风歌露欲沾裳。
楼头怨妇知何处，屈里蟾蜍快整妆。
白兔如将灵药赠，却疑此地是缑山。

## 林下访友

古木森森翠作垣，四围缭绕抱烟村。

松排岭上云千嶂，柳掷莺梭锦一园。

叶茂应知栖彩凤，枝高更好挂吟猿。

问童夫子家何在，树里琴声是教轩。


## 银塘映庙（古风）

庙貌对方塘，春深萍藻香。

明月波底映，潋滟映堵堂。

拂云苍木连池植，掩霭渠中一片黑。

君不见雷鸣雨集风吹嘘，沼沚也潜纵鳌鱼。

# 中田四景

嘉　瑞

### 虎巘清风

宅畔小山似虎眼，风清林下嶂蹁跹。
翠虬籁发时闻啸，野马尘飞欲载仙。
未许村农相竞逐，欲教逸客若留连。
舞雩佳景如堪拟，跷巘披襟别有天。

### 龙溪皓月

屈曲溪潭有卧龙，一轮皓月挂云峰。
明珠闪烁金波漾，活水清涟玉浪冲。
倒影鲛宫悬宝炬，潆洄蟾窟驻仙踪。
秋高桂子飘天半，两岸闻香意味浓。

### 九峰瑞雪

矗矗奇峰透九霄，三冬积雪景偏饶。
风翻树梢琼花舞，冰结岩间玉烛调。
浑似香山开胜会，高垂白发享熙朝。
欲知丰岁真消息，彳亍中田试问樵。

### 一园昙花

谁道禅关色相空，黄生优钵闹龙宫。

花弹巷口幽香静，绿竹枝头甘露融。

路引桃源牵客思，堂开莲社拂仙风。

僧传秘咒何从验，曾看祇园几树丛。

# 云山芍药

卢伯炎

一朵红云石径斜，牡丹时节斗繁华。

殷勤细与山人说，此是山中富贵花。